阅读世界文学巨匠系列
01

西方史诗之王：荷马

王群 崔文君————著

华中科技大学出版社
http://www.hustp.com
中国·武汉

图书在版编目(CIP)数据

西方史诗之王：荷马 / 王群，崔文君著 . —— 武汉：华中科技大学出版社，2021.5
（阅读世界文学巨匠系列）
ISBN 978-7-5680-6984-7

Ⅰ.①西… Ⅱ.①王…②崔… Ⅲ.①《荷马史诗》—诗歌研究②荷马（Homer 约前9—前8世纪）—生平事迹 Ⅳ.① I545.22 ② K835.455.6

中国版本图书馆CIP数据核字（2021）第070286号

西方史诗之王：荷马　　　　　　　　　　　　　　　　王群　崔文君　著
Xifang Shishi zhi Wang：Homer

策划编辑：	亢博剑　伊静波　孙　念
责任编辑：	孙　念
责任校对：	李　弋
责任监印：	朱　玢
封面设计：	璞茜设计

出版发行：华中科技大学出版社（中国·武汉）　　电话：（027）81321913
　　　　　武汉市东湖新技术开发区华工科技园　　邮编：430223
印　　刷：湖北新华印务有限公司
开　　本：880mm×1230mm　1/32
印　　张：6.75
字　　数：150千字
版　　次：2021年5月第1版第1次印刷
定　　价：32.00元

本书若有印装质量问题，请向出版社营销中心调换
全国免费服务热线：400-6679-118　竭诚为您服务
版权所有　侵权必究

序

文明互鉴 求同存异

曾几何时，迫于泰西的坚船利炮和千年未有之大变局，洋务运动开启了改良的滥觞。但囿于技不如人，且非一朝一夕可以赶超，一些仁人志士又被迫转向上层建筑和世道人心。及至"百日维新"，新国家必先新风气、新风气必先新文学被提上日程。这也是五四运动借文学发力，"别求新声于异邦"的主要由来。

是以，从古来无史、不登大雅的文学着手，着眼点却在改天换地：梁启超发表《论小说与群治之关系》等檄文，陈独秀、瞿秋白、鲁迅、胡适等前赴后继，文学革命蔚然成风，并逐渐将涓涓细流汇聚成文化变革的浩荡大河。

用习近平总书记的话说，"文化是一个国家、一个民族的灵魂，文化兴国运兴，文化强民族强。没有高度的文化自信，没有文化的繁荣兴盛，就没有中华民族伟大复兴。"而文学始终是狭义文化的中坚。因此，习近平总书记历来高度重视文学发展和文明互鉴，《在文艺工作座谈会上的讲话》发表后不久，又提出了"不忘本来，吸收外来，面向未来"，此乃大同精神所自也、最大公约数所由也。如是，"建设文化强国"写进了我国的"十四五"规划，这不仅彰显了文化自信，而且擢升了文化强国的动能。

一

《周易》云："观乎天文，以察时变；观乎人文，以化成天下。"所谓人文化成，文化在中华传统思想中几乎是大道的同义词。且说中国特色社会主义文化源自中华民族五千年文明历史所孕育的优秀传统。创造性继承和创新性发展传统文化不仅是民族生生不息的精神命脉，而且也是涵养社会主义核心价值观的源头活水，更是我们在世界文化激荡变幻中站稳脚跟的坚实基础。同时，海纳百川地吸收世界优秀文化成果不仅是不同国家和人民之间交流的需要，也是提升个人修养的妙方。所谓"他山之石，可以攻玉"，早在汉唐时期，兼收并蓄、取长补短便是中华文化、中华民族繁荣昌盛的不二法门。

前不久，习近平总书记又在《治国理政》第三卷中明确提出，"我将无我，不负人民"。多么令人感奋的誓言！这是对"天下为公"和"为人民服务"思想的现实阐发，也让我想起了老庄思想中遵循"天时""人心"的原则。由是，人类命运共同体理念尊崇最大公约数：除基本的民族立场外，还包含了世界各民族自主选择的权利。这是两个层面的最大公约数，与之对立的恰恰是不得人心的单边主义和霸权主义。

作为人文学者，我更关注民族的文化精神生活。诚所谓"有比较才能有鉴别"，中华文化崇尚"穷则独善其身，达则兼济天下"，乐善好施、协和万邦；同时，中华文化又提倡天人合一、因地制宜。当然，中华文化并非一成不变，更非十全十美。因此，见贤思齐，有容乃大也是我们必须坚持的基本信条之一，反之便是闭关自守、夜郎自大所导致的悲剧和苦果。当前，我国文化与世界各国文化的交流方兴未艾，学术领域更是百花齐放，呈现出前所未有的多样性和丰富性。这充分显示了我国的开放包容和建构人类命运共同体的美好愿景。自"百日维新"和五四运动以降，我国摒弃了文化自足思想，从而使"西学东渐"达到了空前的高度。具体说来，二百年"西学东渐"不仅使我们获得了德先生和赛先生，而且大大刺激了我们麻木已久的神经。于是，马克思主义、人道主义、女权主义、生态思想等众多现代文明理念得以在中华大地发扬光大。

西方的崛起也曾得益于"东学西渐"。设若没有古代东方的贡献，古希腊罗马文化的发展向度将不可想象，"两希文明"也难以建立。同样，在中古时期和近代，如果没有阿拉伯人通过"百年翻译运动"给西方带去东方文明成果（其中包括我国的"四大发明"），就没有文艺复兴运动和航海大发现。

总之，丰富的文化根脉、无数的经验教训和开放包容的心态不仅使中华民族在逆境中自强不息，而且自新中国成立，尤其是改革开放和新时代以来，也益发奠定了国人求同存异的民族品格。

二

人说不同民族有不同的文化,后者就像身份证。而我更乐于用基因或染色体比喻文化。大到国家民族,小至个人家庭,文化是精神气质,是染色体,是基因。它决定了各民族在国际交往中既有发展变化,又不易被淹没的活的魂灵。

如今平心而论,我们依然是发展中国家。即或硬件上也尚有不少"卡脖子"的问题,软件和细节方面就更不必说。我们需要向西方学习和借鉴的地方还有很多。而文学艺术不仅是世道人心的载体,也是文明互鉴中不可或缺的航标。

前辈钱锺书先生一直相信"东海西海,心理攸同;南学北学,道术未裂"。古人则有"夫以铜为镜,可以正衣冠;以史为镜,可以知兴替;以人为镜,可以明得失"之谓。人需要借镜观形、换位思考、取长补短,民族、国家亦然。

有鉴于此,我真诚地祝愿阅读世界文学巨匠系列丛书顺利出版,祈中华文化在吐故纳新、温故知新、不断鼎新中"苟日新,日日新,又日新"。

中国社会科学院学部委员,外国文学研究所原所长,
中国外国文学学会会长,第十二、十三届全国政协委员
陈众议

匿名的共同体与"回家的召唤"

24年前,费孝通先生首次提出文化自觉的概念,包含着两层意思:首先,要对自己的文化追根溯源、把握规律、预示未来;其次,不断与异文化交流并尊重差异,携手共同发展。这一概念的提出时值全球一体化之初,借由他者体认自我的意识不可谓不高瞻远瞩。

今时今日,我们说不同文明之间要平等对话、交流互鉴、相互启迪,前提便是高度的文化自觉:知自我从何而来、到何处去,知不同于我者为差异及补充。

但具体而言,自我体认如何与他者相关?可试从我熟悉的翻译说起。

几近一百年前,1923年,自称"在土星的标志下来到这个世界"的本雅明将法国诗人波德莱尔的《巴黎风貌》译为德文,并撰写了译序,题为《译者的任务》。在这篇译序中,本雅明谈翻译,实际上也在谈认知及语言。明面上,本雅明主要阐述了三个问题:

其一,文学作品是否可译;其二,如果原作者不为读者而存在,我们又如何理解不为读者而存在的译作;其三,翻译的本质为何。

为此,本雅明打了一个比方。他将文字比作树林,将作者看作入林的行路者,而译者则是林外纵观全局、闻语言回声之人。文学作品如若绕圈打转,所及无非枯木,向上无以萌芽刺破天空,向下无根系网织土壤、吸收营养、含蓄水分,又何来可译的空间?可译不可译的问题便化为有无翻译的空间及价值的判断。文林呼唤作者入内,作者受了文林的吸引而非读者的呼唤,而文林又非无动于衷的死物,始终在生长、变化,身于林外的译者眼见这一错综复杂的变迁,所领略的只能是变化的共同体——原作"生命的延续",也非读者的期待。翻译,便是无可奈何地眼见原作的变化、语言间的差异,"在自身诞生的阵痛中照看原作语言的成熟过程",真正的翻译,因为表现出语言的变化以及不同语言之间的互补关系,自然流露出交流的渴望。

若非差异,若非差异构建的空间广阔,若非差异空间的变化与生长之永恒,何来交流之必要,又何谈翻译?

四十多年后,法国作家布朗肖批判性地阅读了本雅明的《译者的任务》,写下了《翻译》一文。布朗肖说,翻译确实可贵,文学作品之所以可译,也的确因为语言本身的不稳定性与差异,"所有的翻译栖息于语言的差异,翻译基于这一差异性,虽然从表面看似乎消除了差异"。但是,作为母语的他者,外语唤醒的不仅仅是我们对差异的感知,更重要的,还有陌生感。对于我们早已习以为常的母语,因为外语的比对,我们竟有如身临境外偶然听到母语一般，忽然之间竟有一种陌生的感觉，仿佛回到了语言创造之初，触及创造的土壤。

20世纪20年代，德国作家本雅明阅读、译介法国作家波德莱尔，写下了世界范围内影响至深的《译者的任务》。20世纪70年代，法国作家布朗肖批判性阅读德国作家兼翻译家本雅明的《译者的任务》，写下《翻译》，影响了一代又一代后现代主义的代表人物。可见，翻译不仅从理论上，更是在有血有肉的实践中解释并促进着跨文化的交流与不同文明的互鉴。

文之根本，在于"物交杂"而变化、生长，文化之根本在于合乎人类所需又能形成精神符号，既可供族群身份认同，又可以遗产的方式薪火相传。简单说，文化更似一国之风格。"阅读世界文学巨匠"系列丛书，具有启迪性的力量，首辑选取了10国10位作家，有荷马（希腊语）、塞万提斯（西班牙语）、但丁（意大利语）、卡蒙斯（葡萄牙语）、歌德（德语）、雨果（法语）、普希金（俄语）、泰戈尔（孟加拉语）、马哈福兹（阿拉伯语）、夏目漱石（日语）——一个个具有精神坐标价值的名字，撑得起"文学巨匠"的名头，不仅仅因为国民度，更因为跨时空的国际影响。我们的孩子从小便从人手一本的教科书或课外读物中熟悉他们的名字与代表性作品，从某种程度上来说，他们的风格似乎代表了各国的风格。当哈罗德·布鲁姆谈文学经典所带来的焦虑时，同时表达着文化基因的不可抗拒性。进入经典殿堂的作品及作家，表现、唤醒并呼唤的正是典型的文化基因。当我们比对普希金、歌德、夏目漱石、泰戈尔及其作品时，比对的更像是俄罗斯、德国、日本、印度及其精神、文化与风骨。伟大的作品往往没有自己的姓名，匿名于一国的文化基因，似乎将我们推向文化诞生之初，让我们更接近孕育的丰富与创造的可能。在这一基础上，如上文所说，作为文化的他者，他国的文学巨匠将唤醒我们对于自身文化的陌生感，让我们离文化的诞生之地又进了一步。

至于文明，则是社会实践对文化作用的结果，作为一国制度及社会生活成熟与否的尺度及标准，不同文明有着各自更为具体的历史、人文因素与前行的目标。尊重文化间的差异，鼓励不同文化的平等对话与交流互鉴，既是文明的表现，更是文明进一步繁荣的条件。差异构建的多元文明相互间没有冲突，引发冲突的是向外扩张的殖民制度与阶级利益，极力宣扬自我姓名甚至让其成为法令的也是殖民制度与阶级利益，而非文明。24年前，费孝通先生所畅想的美美与共的人类共同体，便是基于文明互鉴的匿名的共同体。

差异与陌生引领我们步入的并非妥协与殖民扩张之地，而是匿名于"世界"与"国际"的共同体。

我们试图从翻译说起，谈他者之于文化自觉与文明互鉴的重要性，也谈经典之必要，翻译之必要，因为正如本雅明所说，"一切伟大的文本都在字里行间包含着它的潜在的译文；这在神圣的作品中具有最高的真实性。《圣经》不同文字的逐行对照本是所有译作的原型和理想。"而今，摆在我们面前的这套丛书，集翻译、阐释、文化交流与文明互鉴为一体，因为更立体的差异与更强烈的陌生感，或许可以成为作品、文化与文明创造性的强大"生命的延续"。

最后，仍然以本雅明这一句致敬翻译、文化交流与文明互鉴的努力：有时候远方唤起的渴望并非是引向陌生之地，而是一种回家的召唤。

浙江大学文科资深教授、中国翻译协会常务副会长
许钧
2021 年 4 月 7 日于南京黄埔花园

CONTENTS

目 录

导言 为什么今天我们还要读荷马史诗？ … 001

PART 1 荷马和荷马史诗 … 013
　　　　荷马其人 … 015
　　　　荷马史诗的诞生和流传 … 027

PART 2 荷马史诗导读 … 033
　　　　《伊利亚特》：人神共谱的奇幻世界 … 035
　　　　《奥德赛》：英雄的归途 … 102

PART 3 荷马史诗在中国 … 159
　　　　荷马史诗在中国的译介之路 … 161
　　　　荷马史诗在中国的研究概况 … 165
　　　　荷马史诗对中国文学和社会发展的影响 … 168

PART 4 荷马史诗经典名段选摘 … 171

　　　　参考文献 … 197

导言

为什么今天我们还要读荷马史诗?

古希腊人在人类文学史上留下了两部瑰丽的诗歌巨著：《伊利亚特》和《奥德赛》。它们相传于公元前8世纪中后期由盲诗人荷马所创编，被后世合称为"荷马史诗"。

荷马史诗享誉无数，至今仍是必读的经典著作之一。两部史诗以丰富深刻的思想内容和独特精湛的文学艺术特色成为古希腊文化的杰出代表，几乎滋养着古希腊文明的每个领域，被希腊人视为永恒的民族骄傲。作为希腊文学以及欧洲文学的起源，荷马史诗如一眼取之不尽、用之不竭的甘泉，给予后世诸多思想家、文学家和艺术家无尽的灵感，促成了无数杰作的诞生。柏拉图承认"荷马教育了整个希腊"（《理想国》），而维吉尔、但丁、弥尔顿、莎士比亚、歌德、托尔斯泰等都从荷马史诗中汲取了丰富的营养。马克思称赞它是一种标准和不可企及的规范。恩格斯则评价道："荷马的史诗以及全部神话——这就是希腊人由野蛮时代带入文明时代的主要遗产。"①

荷马史诗作为口传诗歌，属于古希腊庞大的"英雄诗系"的一部分，其内容来源于古希腊的英雄传说和神话故事，尤其是特洛亚战争的传说故事。特洛亚战争是指古希腊人②和特洛亚人③之间发生的一场战争，相传由"金苹果之争"引起。特洛亚王子帕里斯被天神宙斯选作裁判，在天后赫拉、智慧女神雅典娜和美神阿弗洛狄忒中选出"献给最美女神的金苹果"的归属者——美神，之后美神兑现了给他的承诺（送给他天下最美的女子），帮助他拐走了斯巴达王后海伦。斯巴达国王墨涅拉俄斯为了洗刷耻辱，与其兄迈锡尼国王阿伽门农召集了古希腊境内几乎所有的国王，组成联军跨海远征特洛亚，从而引发了历时十年的特洛亚战争。战争的最后，古希腊联军借木马计攻陷特洛亚城，火烧城池并夺回海伦。

《伊利亚特》主要叙述特洛亚战争进行到第十年的故事，此时阿开奥斯人的联军依旧在围攻特洛亚人的都城伊利昂（Ilion），史诗名称《伊利亚特》源自于此，意为"伊利昂城的故事"。史诗以联军

---

① 卡尔·马克思,弗里德里希·恩格斯.马克思恩格斯全集,第21卷,人民出版社：北京，1965，第37页。
② 在荷马史诗中，古希腊人还不具备完整的民族概念，被称为阿开奥斯人、阿尔戈斯人或达那奥斯人。
③ 传说中的特洛亚人（即特洛伊人）生活在小亚细亚西北部，其都城伊利昂坐落在爱琴海通往黑海的达达尼尔海峡南岸，位于欧洲大陆和亚洲大陆的交界处，扼守欧亚海陆交通要道。

统帅阿伽门农和勇将阿喀琉斯的争吵为楔入点，集中描写了五十一天内发生的事件。特洛亚城久攻不下，联军中不同国王的矛盾逐渐激化。阿伽门农夺走了阿喀琉斯的女俘，阿喀琉斯受辱，愤恨在心，因而拒绝再为联军出战。联军在特洛亚人的反攻下节节败退，其后阿喀琉斯的好友帕特罗克洛斯代他出战，却命丧战场。阿喀琉斯为了替友复仇，与特洛亚王子赫克托尔决斗，将后者杀死并百般凌虐其遗体。在神明的撮合下，特洛亚国王普里阿摩斯向阿喀琉斯赎回儿子的遗体并举行葬礼，《伊利亚特》的故事至此结束。

《奥德赛》则是叙述古希腊联军首领之一的伊萨卡（Ithaca）国王奥德修斯在攻陷特洛亚后用十年时间漂泊归国的故事。它同样只集中描写第十年最后四十天内发生的事件。奥德修斯因得罪了海神，受其捉弄，在海上四处漂流了十年，历尽奇险，伙伴尽丧，最后受诸神怜悯始得归家。当奥德修斯流落异域时，诸多求婚者迫其妻佩涅洛佩改嫁，她用尽了各种方法拖延。最后奥德修斯扮成乞丐归来，杀尽求婚者，收复权力，与妻儿团圆。

相传荷马史诗最开始在小亚细亚西部沿海的古希腊人移民区流传，大约于公元前7世纪被引入古希腊大陆地区。随着古希腊文字的发展和推广，作为口传诗歌的荷马史诗渐渐拥有了不同版本的手抄本。公元前6世纪雅典城邦整理发布了荷马史诗的官方抄本，还规定在重要的宗教节庆日上公开吟诵《伊利亚特》和《奥德赛》。此后古希腊社会渐渐兴起了吟诵史诗和收藏史诗文本的风气，荷马的名字由王侯贵族的门庭飞入寻常百姓家。荷马被视作"诗祖"和古希腊传统的精神象征，荷马史诗则成为古希腊古典教育的重要部分。古希腊孩童们从诵读这两部史诗开始接受启蒙教育，了解神话和宗教，领悟人性和人生真谛。及至21世纪的今天，荷马史诗依然是希腊学生的必学教材。一代代希腊人透过荷马史诗的优美文字和精妙构思，感受那个人神共存的恢宏世界，学习本民族的历史、语言和文化，享受美德的教化和英雄精神的熏陶。两部史诗激发了古希腊人对于统一的历史、统一的信仰、统一的身份、统一的价值观和统一的记忆的自我意识。在某种程度上可以说，是荷马史诗塑造了统一的希腊民族。

荷马史诗对古希腊的哲学、文学和艺术影响深远。古希腊哲学之父泰勒斯认为水乃万物之源，荷马则在《伊利亚特》提及"滋生一切的大洋河奥克阿诺斯"[1]，前者是否受后者启发还不能确定，不过能确定的是后世的毕达哥拉斯学派成员非常热衷于引用荷马的诗行来论证自己的观点。柏拉图虽然对荷马多有批判，但对他仍抱有敬仰喜爱之心，经常在对话中摘引荷马史诗的诗句。亚里士多德则毫不掩饰其对荷马的颂扬和赞赏，在《诗学》中盛赞荷马史诗的艺术成就。荷马的诗句经常被古希腊诗人们或史学家们引用，如西蒙尼德斯、品达、希罗多德、修昔底德等。[2]古希腊许多戏剧家从荷马史诗中找寻题材和灵感，三大悲剧诗人都有与特洛亚战争题材和人物相关的作品传世，

---

[1] [古希腊]荷马著，陈中梅译.荷马史诗：伊利亚特·奥德赛.上海：上海译文出版社，2018，第7页。
[2] 同上，第8页。

而最具荷马风范的埃斯库罗斯更是直言自己的作品为"荷马盛宴的小菜"（阿塞那伊俄斯《学问之餐》）。在艺术方面，公元前 7 世纪开始，《伊利亚特》和《奥德赛》的某些情节内容和人物形象已经出现在古希腊陶瓶绘画中，此后类似主题的绘画作品、雕塑作品和造型艺术作品层出不穷。

及至罗马帝国时期，荷马史诗受到古罗马文人和上层贵族的广泛喜爱。荷马史诗的叙事手法和艺术风格深深影响了古罗马文学，最典型的例子便是古罗马文学的巅峰巨著《埃涅阿斯纪》。维吉尔仿效荷马史诗，创作了西方文学史上第一部由诗人独立创作而不是基于民间口传诗歌的恢宏史诗。与此同时，荷马史诗研究在古典时期和希腊化时期渐渐成为一门显学，古典学研究由此发端。及至中世纪，虽然荷马史诗研究陷入长达一千多年的沉寂（只在拜占庭帝国有学术传承），欧洲人民对荷马的名字已不再那么熟悉，但西方的骑士精神也能让我们窥视到荷马史诗英雄主义的些许留存。

14 世纪后文艺复兴运动轰轰烈烈展开，荷马史诗凭借其内含的人文主义和强大的文学艺术魅力，经由拜占庭帝国重新回到了欧洲的学术殿堂，继续影响着西方近现代文学和思想的发展和演变。但丁的《神曲》、约翰·弥尔顿的《失乐园》、让·拉辛的《安德洛玛刻》、莎士比亚的《特洛亚罗斯与克瑞西达》、歌德的《浮士德》等都或多或少地受到荷马史诗内容、结构或思想的启发。此外，正如英国小说理论家亨利·菲尔丁所认为的那样，荷马史诗是西方小说的"胚胎"，史诗专注个人遭遇的叙事手法逐渐成为文艺复兴后西方小说的一种叙事传统。①塞万提斯的《堂吉诃德》、狄更斯的《匹克威克外传》、弗朗索瓦·拉伯雷的《巨人传》、罗曼·罗兰的《约翰·克利斯朵夫》等巨著都是这类叙事传统的代表作。拥有着欧洲小说中常见的追寻主题,《奥德赛》成为后世旅程小说的原型,也直接影响了西方16世纪以后兴起的流浪汉小说,如《小癞子》、丹尼尔·笛福的《鲁滨逊漂流记》、阿兰-勒内·勒萨日的《吉尔·布拉斯》和塞利纳的《茫茫黑夜漫游》。

荷马史诗对西方后现代文学也产生了不小的影响。作为后现代文学奠基者的爱尔兰作家詹姆斯·乔伊斯在1922年创作了传世巨著《尤利西斯》。它是"意识流"的代表作、20世纪最伟大的小说之一,在人物、结构和情节等方面仿效了《奥德赛》。此外《奥德赛》双线发展的情节对俄国作家列夫·托尔斯泰创作《安娜·卡列尼娜》也有所启发。②现代诗人德里克·沃尔科特以长诗《奥梅洛斯》(Omeros,1990)向荷马致敬。广受赞誉的科幻作家丹·西蒙斯基于《伊利亚特》创作了全新的科幻小说《伊利昂》(Ilium,2003),而丹尼尔·华莱士的《大鱼》(1998)则将《奥德赛》改编到了美国南部。荷马史诗对希腊国内近现代文学的影响主要体现在某些诗人和小说家的某些作品中,如狄俄尼索斯·索洛莫斯的诗作《荷马的阴影》、科斯马斯·波

---

① 邱玲.从结构与人物塑造看荷马史诗对西方小说的影响[J].江西社会科学,2016年第8期,第104页。
② 王振军.《奥德赛》:追寻西方小说的精神原点[J].海南大学人文社会科学版,第29卷第1期,第94页。

尔蒂斯的小说《埃罗卡》、著名文学家尼克斯·卡赞扎基斯的现代续集作品《奥德赛》和康斯坦丁诺斯·卡瓦菲斯的诗作《伊萨卡》等。

除了在文学和艺术上的影响，荷马史诗作为长篇叙事史诗，描绘了爱琴海沿岸地区的国家人种、统治制度、民族风俗、宗教礼仪、衣食住行、武器装备等诸多细节，堪称古希腊文化的"百科全书"。不过荷马史诗不是真正的史学著作，荷马将不同时代、不同文明阶段的物质文化和社会风俗与他的文学想象杂糅在一起。两部史诗在某种程度上保留了一些古代社会的史料，间接促进了爱琴考古学的发展，孕育了古代希腊史学。考古学家们受荷马史诗的启发和指引，在19世纪后期和20世纪前期发现了特洛亚、迈锡尼、梯林斯、克里特岛等地的文化遗址，让灿烂的古希腊米诺斯文明和迈锡尼文明重现人间。

及至现代，以荷马史诗为主题的学术著作、文学作品、电影作品、艺术作品等仍在不断涌现。从古希腊到古罗马，从古罗马到拜占庭，从文艺复兴到现代，荷马史诗历经近三千年时光的大浪淘沙，犹然璀璨如明珠，带着不朽的魅力。它除了给予我们艺术的享受，更不断启迪着我们的思想。何为人性、何为正义、何为英雄、何为荣誉、何为卓越、何为智慧、何为忍耐、何为命运、何为家国担当、何为自我价值，在荷马的笔下，我们都能找到答案。

在这样一个信息爆炸、飞速发展、价值观多样的时代，人们很容易陷入信仰缺失、精神空虚、追求即时娱乐的泥潭。尤其在新冠肺炎疫情肆虐全球的2020年，生与死的问题在以前看似遥远，如今却猝不及防地成为每个人需直面的考验。在这样的时刻，也许一场回到古希腊战场或是海上历险的史诗之旅,能开启一扇新的窗户,照亮我们探寻自我之路。

最后笔者想以康斯坦丁诺斯·卡瓦菲斯的诗歌《伊萨卡》片段结束本篇导言。这位希腊重要现代诗人的代表作灵感取自《奥德赛》的奇幻世界及奥德修斯的归乡之心。人生漫长修远,上下求索不止。荷马史诗给我们留下了什么,诗行间自有真意。

Πάντα στον νου σου νάχεις την Ιθάκη.

Το φθάσιμον εκεί είν' ο προορισμός σου.

Αλλά μη βιάζεις το ταξείδι διόλου.

Καλλίτερα χρόνια πολλά να διαρκέσει·

και γέρος πια ν' αράξεις στο νησί,

πλούσιος με όσα κέρδισες στον δρόμο,

μη προσδοκώντας πλούτη να σε δώσει η Ιθάκη.

Η Ιθάκη σ' έδωσε τ' ωραίο ταξείδι.

Χωρίς αυτήν δεν θάβγαινες στον δρόμο.

Άλλα δεν έχει να σε δώσει πια.

Κι αν πτωχική την βρεις, η Ιθάκη δεν σε γέλασε.

Έτσι σοφός που έγινες, με τόση πείρα,

ήδη θα το κατάλαβες η Ιθάκες τι σημαίνουν.

请永远将伊萨卡放在你心中。

那里是你此行要抵达的目的地。

不过旅途中请不要过于匆忙。

最好走上很多很多年,

等到上岛时你已垂垂老矣,

但一路所获已使你腰缠万贯,

让你不会期待再从伊萨卡取得财宝。

是伊萨卡赐予你如此美妙的旅行,

没有它你可不会启程上路。

可现在它再也给不了你什么了。

如果你发现它一贫如洗,那并不是伊萨卡想要愚弄你。

既然你已变得如此聪慧并且见多识广,

你自然就会明白,伊萨卡意味着什么。

(王群 译)

PART I
荷马和荷马史诗

荷马其人

相比于荷马史诗的鸿篇巨制和古今传承,史诗的创编者荷马却显得相当"神秘",至今我们无法确切知晓荷马的生平和生卒年月。一是由于荷马史诗中没有任何提及作者的信息;二是由于在荷马史诗诞生的公元前8世纪,希腊语的书面文字还没有被大范围推广,因而没有可靠的书面传记流传。留存至今的荷马生平记录主要有九篇左右,近半数是无名氏所作,或是挂名古希腊历史学家希罗多德、古希腊哲学家亚里士多德或古罗马历史学家普鲁塔克。[1] 这些荷马传

---

[1] 对留存至今的荷马传记的详细研究参考此书:West, M. L., (2003) Homeric Hymns Homeric Apocrypha Lives of Homer, LOEB Classical Library, Harvard University Press, Cambridge, Massachusetts, London.

荷马的半身雕像，是古罗马时代基于一个古希腊原作的复制品，年代约为公元前 2 世纪至公元前 1 世纪。创作者不详，现存于大英博物馆

记大多写于古罗马帝国时期或拜占庭帝国早期，内容各有不同，甚至互相矛盾。

荷马的名字

单是对于"荷马"（古希腊：Ὅμηρος/ 英：Homer）这一名字，自古就有三种不同的解释。根据流传的大部分荷马传记所载，荷马的本名叫麦勒西根尼（Μελησιγένης/Melesigenes），因为他被生在一条叫麦勒斯（Μέλης）的河边，后来才改名荷马。

改名的原因众说纷纭。一是说这个麦勒西根尼后来眼睛看不见了，而"Ὅμηρος"（荷马）来自于"Μη Ορών"，意为"看不见的人"，因此之后麦勒西根尼被唤作"荷马"（盲人）。

二是普鲁塔克所引的亚里士多德残篇《荷马生平》中提到："在吕底亚人受到埃奥利人的欺凌时，他们决定离开斯米尔纳，他们的领袖号召谁愿意就随他们离开。尚未成年的荷马说自己愿意归顺（Homerein），由此他被称为归顺者荷马（Homeros），而不叫生于麦勒斯的男子麦勒西根尼。"①

第三个荷马改名的原因则归于"人质说"，两部不同的荷马传记提到"他被当作人质（ὁμηρείαν）送到基俄斯岛"或是"他的父亲曾被塞浦路斯人当作人质送到波斯"，由人质一词衍生出"荷马"。不管

---

① 亚里士多德. 亚里士多德全集（第十卷），苗力田、李秋零译. 北京：中国人民大学出版社，1997，第103页。

是"归顺"还是"人质",不少人认为它们都是根据"荷马"的相近字形臆想杜撰而来。

广为流传的第一种"盲人说"最古老,也显得更可信。在荷马史诗之一《奥德赛》中,缪斯喜爱盲人歌手德摩道科斯,给他好坏参半的命运,夺走他的视力,但却给他甜美的歌喉作为补偿。古希腊人认为诗人们吟诵、记忆大篇幅史诗的能力一定是神尤其是缪斯们赐予的,然而得天赐必有付出,失明的盲诗人更加符合普罗大众的看法和想象。

荷马的家乡

荷马具体来自何地,又是一大悬案。荷马传记版本众多,说法不一,记述的地名多达一二十个,被频繁提及的依次有位于小亚细亚地区的斯弥尔纳(Σμύρνη)、科洛丰(Κολοφώνα)、爱琴海东部靠近小亚细亚的希俄斯岛(Xíος)、伊俄斯岛(Ἴος)、基米岛(Κύμη)、雅典、塞浦路斯、阿尔戈斯(Ἄργος)、埃及、吕底亚(Λυδία)、迈锡尼(Μυκήνες)、罗德岛(Ρόδος)、伊萨卡岛(Ιθάκη)、克里特岛(Κρήτη)等。能大概肯定的是荷马来自小亚细亚或是爱琴海东部,或是在前述地区长期居住过,或游历过。因为荷马史诗以小亚细亚地区的伊奥尼亚方言(Ιωνικά)为主,对小亚细亚尤其是爱琴海东部地区的描述准确细致,例如他在《伊利亚特》[①]中提到,"大会骚动起来,有如伊卡罗斯海

[①] (古希腊)荷马著.伊利亚特.罗念生、王焕生译.北京:人民文学出版社,2017。

浪（爱琴海东部海域）"，"北风和西风自色雷斯（希腊东北地区）突然吹来"，"他高踞萨摩色雷斯（爱琴海东部岛屿）的峰巅，从那里清楚地看到整个伊达山（小亚细亚北部）"。

诸多在各类传记中出现的城市加入这场荷马家乡"争夺战"，更可能是为了和这位伟大诗人"攀上关系"。在这些城市中，历代学者们认为斯弥尔纳、希俄斯岛或科洛丰最有可能是荷马的家乡，尤其是希俄斯岛。公元前7世纪或前6世纪的一些诗歌提及荷马是来自崎岖不平的希俄斯岛的盲诗人。[1]荷马死后，在希俄斯岛上出现了一个组织，被看作是荷马作为"希俄斯人"的力证之一。这个组织名为"荷马的后代们"(Oμηρίδες)，是有行会特征的游吟诗人群体，类似于后世的同业公会，最初可能由荷马的后代和亲属组成，后面有其他的游吟诗人加入。成员们以四处吟诵荷马史诗为主业。为了史诗吟诵活动的传承，据猜测该公会成员可能是最早将荷马史诗用文字记录下来的人。他们的活动至少持续到公元前4世纪，极大地推动了荷马史诗跨区域和跨时代的传播和推广。

不过也有西方学者[2]持另一种有趣观点，认为斯弥尔纳、科洛丰和希俄斯岛都可以算作荷马故乡：斯弥尔纳为荷马出生地，科洛丰是荷马成为音乐老师的地方，而希俄斯岛则是荷马成家生子之地。

---

[1] （古希腊）荷马著.伊利亚特，陈中梅译.南京：译林出版社，2012，第2页。
[2] Barbara Graziosi. Inventing Homer. Cambridge:Cambridge University Press, 2007, p.14.

画作《荷马》（1841），让·巴蒂斯特·奥古斯特·勒鲁瓦创作，现存于法国卢浮宫

荷马的生卒年份

公元前7世纪初的古希腊诗人卡利诺斯在其诗歌里提及了荷马,所以荷马应该早在公元前8世纪至前7世纪已经为人所知。希罗多德在其著作《历史》中提及:"我认为荷马和赫西俄德最早撰写诸神的谱系,给诸神取了绰号并分配了他们各自的职责、职业,并描述了他们的外形;我认为荷马和赫西俄德生活的年代在我之前不过四百年。"[①]所以从他创作《历史》的公元前435年左右往前推算,得出的年代为公元前9世纪至前8世纪。现今学界综合古今研究成果,将荷马生活的年代界定于公元前8世纪,但具体的生卒年份已不可考。

不过对于荷马的死因和埋骨之地,很多存世的荷马传记皆有提及。根据普鲁塔克所引的亚里士多德残篇《荷马生平》[②]记载,荷马曾求神谕,问询他的父母和家乡。神的回答是:"伊俄斯是你的父母岛,也是你的葬身之地,青年的谜语要警惕。"荷马晚年来到了爱琴海小岛伊俄斯,坐在海边的岩石上,向经过的年轻渔人询问收获如何。渔民们其实一无所获,只是正从自己身上捉虱子,于是对荷马的提问回答道:

我们捉到的扔在外面,把捉不到的带在身上。

这两句话其实是暗示他们把捉到的虱子捏死扔掉,没被捉到的虱

[①] 希罗多德.历史.徐松岩译.上海:上海人民出版社,2018,第218页。
[②] 亚里士多德.亚里士多德全集(第十卷),苗力田、李秋零译.北京:中国人民大学出版社,1997,第103—104页。

子自然还留在他们身上。然而荷马始终解不开这个谜语，最终在伊俄斯岛失望而死。伊俄斯人埋葬了荷马并立了一块碑，上面刻着：

在这里的土地下掩盖着一颗属神的头脑

诸神的荣耀

神圣荷马

荷马的出身和家庭

关于荷马父母的姓名，现存的九篇荷马传记中记载各有不同，甚至有些传记一次性提到了多达七个版本的荷马父母姓名，其中出现频率最高的父亲姓名是迈翁（Μαίων/Maion），母亲姓名是科里则伊丝（Κρηθηίς/Cretheis）。[1] 荷马的出身血统更是充满了神秘色彩，比如亚里士多德残篇《荷马生平》[2]中写道：

在考德洛德儿子奈留斯统治伊奥尼亚殖民地的时候，在伊俄斯岛上有一个当地女孩因缪斯女神的一个伴舞精灵而怀孕。当她看到怀孕的征兆时为所发生的事情蒙羞，自己逃到了一个叫作埃及那的地方。皮里斯泰袭击了这个地方，俘虏了这个女孩并把她带到那时尚处于吕底亚人统治之下的斯米（弥）尔纳。他们之所以这样，是由于想取悦于他们的朋友吕底亚王迈翁。他由于她的美丽而与她相爱并结了婚。

---

[1] Κούλης Κοσμάς. Η μορφή του Ομήρου μέσα από τις σωζόμενες αρχαίες βιογραφίες, Πανεπιστήμιο Πάτρας, σελ.21.
[2] 亚里士多德. 亚里士多德全集（第十卷），苗力田、李秋零译，北京：中国人民大学出版社，1997，第103页。

在他住在迈勒斯附近时,她出现了分娩的阵痛,在河边生下了荷马。迈翁收养这个孩子并像自己的儿子一样把他带大,科里则伊丝分娩后就死去了,不久以后迈翁本人也死去。

在这个传说中,迈翁实则是荷马的养父,而他的生父是"缪斯女神的伴舞精灵",不禁让人开始联想荷马的诗才与主管文艺的缪斯女神的关系。在其他的传记中,荷马甚至被塑造为河神墨勒斯和仙女科里则伊丝之子,或缪斯女神之一卡里欧佩和阿波罗的儿子,或是神话人物及"诗歌之父"奥尔弗斯(Orpheus)的后代。这些身世传说所描述的高贵"诗歌"血统,似乎符合世人对于荷马作为"天生诗人"的想象。当然,也有传记将荷马说成是特勒马科斯与涅斯托尔之女的儿子,是奥德修斯的孙子。[1]将荷马直接与两部史诗里的人物攀上关系,似乎给大家提供了另外一个解读的视角,不过我们也不能忽视荷马的生活年代与史诗所反映的年代的真实差异。

若不考虑这些略显虚无缥缈的血统传说,单从史诗文本着手探究,我们会发现史诗中有优美高雅的语言和修辞,有对王宫规制礼仪和贵族生活的精致描述,有广博的见闻和崇高的价值观,甚至在《伊利亚特》第二卷中有特洛亚战争对战双方军事阵容的详细描写(这份详细名单不像是一个普通民间行吟歌手所能知晓的)。因此有人猜测荷马应该是受过良好教育的社会上层人士。当然隔着近三千年的时光,探

---

[1] Κούλης Κοσμάς, Η μορφή του Ομήρου μέσα από τις σωζόμενες αρχαίες βιογραφίες, Πανεπιστήμιο Πάτρας, σελ.14.

油画作品《荷马礼赞》(1827),由法国新古典画家让·奥古斯特·多米尼克·安格尔创作,现存于法国卢浮宫

究出荷马出身的真相很难。

至于荷马自己的婚姻和子女情况，大部分传记并未提及，一是可能缺乏可靠资料，二是可能荷马从未结婚生子。依据零星的传记记载，荷马在希俄斯岛上成婚，并育有一到三个子女。[1]

荷马的作品

自古以来，多数学者，包括古希腊的希罗多德、柏拉图、亚里士多德，都相信荷马确有其人，肯定他是《伊利亚特》和《奥德赛》这两部辉煌史诗的作者。

由于荷马的响亮名声和崇高地位，后人将许多著作甚至是已明确作者的作品都归于荷马名下，倒也不算新奇。这些作品[2]包括：

特洛亚战争史诗系列的其他作品。它们的完整版本没有流传下来，真实作者存在争议，如《塞浦路斯之歌》（讲述特洛亚战争的前传和初始，如阿喀琉斯父母的婚礼、金苹果的故事、海伦被掠、古希腊联军集结远征等）、《埃西俄比亚之歌》（讲述阿喀琉斯生前最后的作战功绩、他的死亡和葬礼）、《小伊利亚特》（讲述阿喀琉斯死后的木马攻城计）和《特勒戈尼亚》（讲述奥德修斯回到伊萨卡岛后的故事）。

---

[1] Κούλης Κοσμάς, Η μορφή του Ομήρου μέσα από τις σωζόμενες αρχαίες βιογραφίες, Πανεπιστήμιο Πάτρας, σελ.69.
[2] A. Lesky, Ιστορία της αρχαίας ελληνικής λογοτεχνίας, μετάφρ. Α. Τσοπανάκη, Θεσσαλονίκη, 1972, 2η έκδ., σελ. 132-147.

某些宗教颂神诗，如《致阿波罗》《致阿弗洛狄忒》《致赫耳墨斯》《致德米特拉》《致狄奥尼索斯》等，已被后世确认非荷马作品。

《蛙鼠之战》，这是一部从叙述、语调和人物上都模仿《伊利亚特》的短篇史诗，留存至今，其作者多被认为是荷马后世之人。

《马耳吉忒斯/疯子之歌》是一首古希腊滑稽诗，描写一个名叫马耳吉忒斯的疯子。柏拉图、亚里士多德①甚至后来的罗马时期和拜占庭时期学者都认为这是荷马的作品，不过现代学者认为此诗是公元前6世纪左右的喜剧模拟诗，并非荷马所作。

《帕拉蒂纳铭文诗集》中有两篇铭文诗"挂名"荷马，而实际上这部诗歌巨著收集了从公元前7世纪到公元7世纪的3700首古希腊和早期拜占庭铭文诗，里面许多诗的真实作者已不可考。

---

① 亚里士多德在《诗学》第1448b-1449a提出："荷马最先勾勒出喜剧的形式，写出戏剧化的滑稽诗，不是讽刺诗；他的《马耳吉忒斯》跟我们的喜剧的关系，有如《伊利亚特》和《奥德赛》跟我们的悲剧的关系。"（罗念生译）

荷马史诗的诞生和流传

特洛亚战争结束后，在爱琴海东岸的小亚细亚一带出现了许多歌颂战争英雄的短歌。这些短歌在流传过程中，又同神的故事融合在一起，增强了这些战争英雄人物的神话色彩。这些神话故事、英雄诗歌和战争传说广泛流传于小亚细亚，经过历代行吟歌手的加工创作，不断完善，最后约于公元前8世纪后半叶被荷马整理改造成完整的口头史诗作品，其中《伊利亚特》的问世早于《奥德赛》。自诞生后，荷马史诗经行吟歌手四处传颂而开始声名远播。之后的两个世纪，由于古希腊字母和书写文字的广泛推广，行吟歌手群体有可能为了更好地记忆史诗内容，而率先将荷马史诗的口头版本记录成文本。当然这些文本可能杂乱无绪、版本各异。

到了公元前6世纪中叶，当时的雅典城邦僭主庇西特拉图（Peisistratus，约公元前600年—前527年）大力推动城邦的文化艺术发展，指派俄诺马克里托斯（Onomacritos）从众多的手抄本中整理和校勘出荷马史诗的规范诵本[1]，荷马史诗的正式文本首次在这个时期被记录下来。同时，庇西特拉图或是他的儿子颁布规定，要求吟诵诗人们在泛雅典娜节[2]上诵读《伊利亚特》和《奥德赛》的全文。之

---

[1] 荷马著.伊利亚特.陈中梅译.南京：译林出版社，2012，第6页。
[2] 从公元前566年到公元3世纪，泛雅典娜节意为纪念雅典守护女神雅典娜的节日，是古希腊雅典城邦及其属地最重要的节庆日。大型泛雅典娜节每四年举行一次，小型泛雅典娜节则每年举行一次。其间除了与雅典娜女神相关的宗教活动，还会举办体育比赛和文艺活动。大型泛雅典娜节的规模和重要性堪比古代奥林匹克运动会。

后从公元前 5 世纪起,在这个雅典城邦最重要的节日上,荷马史诗成为唯一官方指定的吟诵曲目。它的影响和传播范围更广、更深,荷马渐渐成为希腊民族的老师和希腊传统的精神象征,荷马史诗则成为古希腊教育的重要部分,构成了希腊民族文化的底色。

进入古典时期,希腊城邦出现了百家争鸣的思想繁荣局面。荷马史诗更广为流传,各类抄本层出不穷。在亚历山大大帝东征后,希腊语成为地中海地区和某些西亚地区的共同语,埃及的亚历山大里亚成为希腊文化的中心之一。在公元前 3 世纪托勒密王朝时期,亚历山大里亚学者们对荷马史诗进行了再次编纂,奠定了我们如今看到的荷马史诗的母本。这些学者们的领头人物包括亚历山大里亚图书馆第一任馆长以弗所的芝诺多德(Zenodotus of Ephesus)、他的第一代弟子拜占庭的阿里斯多芬(Aristophanes of Byzantium)和第二代弟子阿里斯塔(Aristarchus)。他们首先搜集了城邦的钦定抄本和各类私人抄本,挑选出优秀版本为底本,在对比分析过程中对诗卷进行增删,最终编纂整理出两部史诗作品的定本。[1]这些学者还按希腊语 24 个字母的顺序,将两部史诗各划分成 24 章[2],这种分卷方式延续至今。

到了中世纪,诸多的荷马史诗手抄本分散于欧洲的学界(图书馆或是修道院等),对其追本溯源,发现它们很多源自拜占庭帝国。有人在意大利威尼斯圣马可图书馆发现了最早的《伊利亚特》完整版手

---

[1] 程志敏.荷马史诗的文本形成过程[J].国外文学,2008 年第 1 期,第 43—47 页。
[2] 皮埃尔·维达尔·纳杰.荷马之谜.北京:中国人民大学出版社,2015 年,第 7 页。

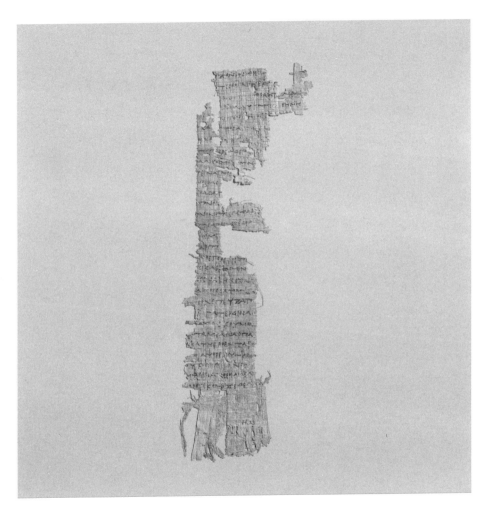

莎草纸上的荷马史诗片段（公元前285—前250年），为美国大都会艺术博物馆藏品

稿,后人称之为"甲抄本"(Venetus A)。这份手稿于公元 10 世纪中叶由一位抄写员在君士坦丁堡完成,他在 654 页的大羊皮纸书页空白处添加了许多前辈学者们的注解和引文。[①]而《奥德赛》最早的完整本成稿于公元 10 世纪末,现存于意大利佛罗伦萨的一处博物馆。[②]除了这些珍贵手稿,一些拜占庭时期的学者作品也为后世保留了荷马史诗的珍贵研究文本。例如拜占庭时期的学者、作家和诗人约阿尼斯·特兹齐斯(Ioannis Tzetzis,1100—1180)在作品中摘录了许多古希腊作品,包括荷马史诗和《神谱》等的文本和评述。同一时期的尤斯塔休斯(Eustathius)是拜占庭希腊文学家兼塞萨洛尼卡[③]大主教,他以对荷马史诗的评论闻名,在评述集(*Commentaries on Homer's Iliad and Odyssey*)中纳入了许多早期荷马史诗研究者的评论。

然而欧洲人在罗马帝国垮台后渐渐丧失了阅读古希腊语的能力,文艺复兴开始后出现了一些荷马史诗的拉丁语译本。1397 年,拜占庭帝国学者、希腊古典文学研究先驱曼努埃尔·赫里索洛拉斯(Manuel Chrysoloras)开始在意大利佛罗伦萨教授古希腊语,并出版了当时西方第一部古希腊语基础语法书。1488 年,希腊著名学者、政治家和外交家德米特里厄斯·查尔康迪拉斯(Demetrios Chalkondyles)在佛罗伦萨发行了最早的希腊语版荷马史诗。之后荷马史诗的印刷版很快风

---

① 亚当·尼科尔森.荷马 3000 年.南京:江苏凤凰文艺出版社,2016,第 65 页。
② 同上。
③ 塞萨洛尼卡(Thessalonica)现为希腊第二大城市和北部重要海港,曾是拜占庭帝国的第二大城市。

行于米兰、海德堡、莱比锡、巴黎和伦敦。[①] 1788年，前面提到的《伊利亚特》"甲抄本"在巴黎出版，成为所有现代版本的母本。

随着古希腊语教学在西欧的推广，西欧对荷马史诗和古希腊文化的研究越来越深入。围绕荷马的身份、荷马史诗的原创者是一人还是多人，以及荷马史诗与真实历史的关系，古典学研究界进行了旷日持久的大讨论，"荷马问题"由此诞生。这个问题虽然至今还无定论，但依然不能掩盖荷马史诗作为经典的文学价值和思想魅力。

[①] 对留存至今的荷马传记的详细研究参考此书：West, M. L., (2003) Homeric Hymns Homeric Apocrypha Lives of Homer, LOEB Classical Library, Harvard University Press, Cambridge, Massachusetts, London.，第63页。

PART 2

荷马史诗导读

《伊利亚特》：人神共谱的奇幻世界

《伊利亚特》及人神谱系

《伊利亚特》以特洛亚战争为背景，讲述战争进行到第十年时，在五十一天里发生的故事。

特洛亚战争是指古希腊人和特洛亚人之间发生的一场战争。特洛亚人生活在小亚细亚西北部，扼守爱琴海通往黑海的达达尼尔海峡。根据神话传说记载，战争由特洛亚王子帕里斯拐走希腊美人海伦而起，而这又要从阿喀琉斯父母的婚礼[①]和"金苹果之争"说起。海洋女神

[①] 传说天神宙斯爱上了海洋女神忒提斯（Θέτις），然而预言说他们生下的儿子将会推翻宙斯的王位。宙斯不得不让忒提斯嫁给了凡人国王珀琉斯（Πηλέας），之后忒提斯生下了半神半人的阿喀琉斯。

忒提斯和凡人国王珀琉斯的婚礼邀请了不和女神厄里斯之外的所有神祇出席,因此生气的不和女神偷偷在宴会上扔下一个金苹果,上面写着"献给最美丽的(女神)"。天后赫拉、智慧女神雅典娜和美神阿弗洛狄忒为金苹果的归属起了争执,请求宙斯做出裁定,而宙斯却将裁定权交给了凡间的特洛亚王子帕里斯。三位女神为了得到金苹果,都对帕里斯做出许诺:赫拉许诺王权,雅典娜许诺智慧和军功,而阿弗洛狄忒则许诺让凡间最美女子——斯巴达王后海伦成为帕里斯的妻子。帕里斯最终将金苹果判给了美神,因而也得罪了赫拉和雅典娜,后两者在特洛亚战争时站在了古希腊人这一边。

后来帕里斯来到斯巴达,在美神的帮助下和海伦互生情愫,后趁斯巴达国王墨涅拉俄斯外出之时,将海伦和斯巴达王宫的财富一同掠至特洛亚人的都城伊利昂。归来的墨涅拉俄斯大怒,向他的兄长迈锡尼国王阿伽门农求助,同时给阿开奥斯人[①]的各首领传信,要求他们遵守曾经作为海伦求婚者的诺言。[②]来自当时希腊大陆中部地区、南部地区、爱琴海岛屿和伊奥尼亚海岛屿的阿开奥斯人大军集结出海,最开始航向错误,误登其他地方。等到确定了前往特洛亚的正确航线后,海风却停了,船队根本无法航行。古希腊联军占卜后才知道,原

[①] 阿开奥斯人(Αχαιός)和达那奥斯人(Δαναός)都是荷马史诗中对古希腊人的泛称。
[②] 传说斯巴达公主海伦的美貌冠绝世间,她吸引了很多求婚者并引发了他们的争斗,使得她不敢做出选择。身为求婚者之一的奥德修斯提出建议,不论海伦最终择谁为夫,其余的求婚者都发誓不能对他发难,并要一起不计任何代价地保卫海伦的婚姻。所有求婚者都宣誓后,海伦最终选择了拥有财富和力量的墨涅拉俄斯,而后者在斯巴达老国王去世后继承了斯巴达的王位。

来是狩猎女神阿尔忒弥斯为了惩罚联军首领阿伽门农曾杀害她的圣鹿才让海风停止。阿伽门农向女神献祭了他的女儿后，海风重起，联军船队到达特洛亚，并开始了对特洛亚人都城伊利昂的十年围攻。前九年的战争情况记录不多，古希腊联军登陆后除了进攻伊利昂城，还劫掠特洛亚人的乡村地区，攻打特洛亚人的盟友，抢夺了许多钱财资源和俘虏，并按军功进行分配。其间阿喀琉斯和埃阿斯等首领战功最为卓越。

《伊利亚特》的故事情节从战争第十年开始，来自特洛亚地区克律塞城的阿波罗神庙祭司带着无数赎礼来到古希腊联军船队，请求赎回他被俘的女儿，而他的女儿已被当作战利品分发给了阿伽门农。阿伽门农拒绝并羞辱了这位祭司，因此祭司向阿波罗神祈祷，希望神能替他惩罚阿开奥斯人。阿波罗回应了祭司的祈祷，并在古希腊联军中降下毁灭性的瘟疫。最终阿伽门农为了终止瘟疫，被迫归还了祭司的女儿，心有不甘的他抢走了阿喀琉斯的女奴布里塞伊斯以作补偿。阿喀琉斯认为这是极大的耻辱，因此拒绝继续参战，并出于极度的愤怒让他的母亲海洋女神忒提斯向宙斯求援，使特洛亚人在战场上暂时胜利，好让阿开奥斯人能真正尊重阿喀琉斯并给予他应得的赔偿。宙斯答应并在当天晚上托梦给阿伽门农，让他相信如果第二天古希腊联军出击，马上就能攻下特洛亚都城。于是第二天阿伽门农下令进攻，两军对峙时帕里斯被迫和墨涅拉俄斯进行决斗，双方还订立誓约由决斗结果来决定海伦的归属。结果在帕里斯不敌临危之时，美神阿弗洛狄忒施法救走了他。阿伽门农宣布墨涅拉俄斯获胜，要求特洛亚人归还海伦和奉上赔偿,却没有得到回应。站在阿开奥斯人这边的天后赫拉和智慧女神雅典娜执意要帮助古希腊联军打败特洛亚人,于是雅典娜变幻身形怂恿特洛亚战士潘达罗斯射伤了墨涅拉俄斯,引得双方战事再起。同时雅典娜将神力赐予古希腊联军勇士狄奥墨得斯,在他的带领下,古希腊联军重创特洛亚人,甚至刺伤了在战争上帮助特洛亚人的美神阿弗洛狄忒和战神阿瑞斯。之后古希腊英雄大埃阿斯和特洛亚王子及军队首领赫克托尔决斗,难分胜负。两军暂时休战,各自安葬死者,阿开奥斯人还在海岸边筑起了木城墙以保卫战船。

宙斯下令诸神不得再介入战争,所以第二次战斗开始后,特洛亚人英勇反攻,阿开奥斯人被迫退守木城墙,陷入困境。他们劝说联军首领阿伽门农与阿喀琉斯和好,然而阿喀琉斯拒绝了前去说服他出战的使节们,表示绝不参战,甚至要扬帆归乡。第三次战斗开始,在宙斯的帮助下,特洛亚人攻破了阿开奥斯人的木城墙,后者退至海岸边苦战。天后赫拉施计让宙斯入眠,从而给了支持阿开奥斯人的海神波塞冬机会,后者帮助阿开奥斯人将特洛亚人赶到了木城墙之外。然而宙斯醒来后阻止了波塞冬,特洛亚人在阿波罗的指引下再次攻到海边,与阿开奥斯人在战船边激烈对战,甚至点火焚烧了大埃阿斯的战船。一直密切观战的帕特罗克洛斯——阿喀琉斯的好友提出要代阿喀琉斯出战,阿喀琉斯应允并把自己的铠甲借给了他,以便让敌人认为是阿喀琉斯本人出战。帕特罗克洛斯率领阿开奥斯人击退了特洛亚人,然而在和赫克托尔的对战中,赫克托尔杀死了帕特罗克洛斯并夺去了原属于阿喀琉斯的铠甲。古希腊联军和特洛亚人对帕特罗克洛斯的遗体展开了激烈争夺，阿喀琉斯得知好友死讯后愤怒悲痛，登上堑壕对着特洛亚人大喊三次，迫使一直畏惧阿喀琉斯勇猛的特洛亚人慌乱退兵。

阿喀琉斯让母亲请火神赫菲斯托斯①打造了全新的铠甲，他与阿伽门农重归于好，重上战场准备为友复仇。奥林波斯诸神又一次集会并决定加入战斗，各助一方。英勇的阿喀琉斯斩杀无数特洛亚人，甚至与河神克珊托斯一战。特洛亚人纷纷逃回伊利昂城，只有赫克托尔被雅典娜施计留在城外，并最终被阿喀琉斯杀死。赫克托尔临死前请求阿喀琉斯将他的遗体归还特洛亚人，然而愤怒的阿喀琉斯不但拒绝了这个请求，还将他的遗体倒挂在战车上拖行，以示凌辱。之后阿喀琉斯为友人帕特罗克洛斯举办了盛大的葬礼和相应的悼念竞技赛，还将赫克托尔的遗体绕着坟墓拖行了三圈。十一天后，奥林波斯诸神同情遗体一直被凌辱的赫克托尔。宙斯让伊里斯女神传信给赫克托尔的父亲、特洛亚人的国王普里阿摩斯，言会安排他与阿喀琉斯会面，请求后者归还赫克托尔的遗体。当天晚上普里阿摩斯秘密来到阿喀琉斯帐中悲苦求情，阿喀琉斯被打动，同意了这位老父亲的请求。第二天两军休战，赫克托尔的遗体被特洛亚人接回。九天后特洛亚都城举办了赫克托尔的葬礼，《伊利亚特》的故事到此结束。

《伊利亚特》铺展开了一幅波澜壮阔的战争画卷，生动绘就了成千上万的战士在伊利昂城下浴血奋战的场景，有表现格外突出的勇猛

---

① 希腊十二众神之一，负责冶炼、铸造之神，虽然跛脚，但娶了爱与美之神阿弗洛狄忒为妻。

的英雄,如分属古希腊联军一方的阿喀琉斯、阿伽门农、大小埃阿斯、墨涅拉俄斯、奥德修斯、帕特罗克洛斯、狄奥墨得斯等和特洛亚军队主帅赫克托尔,当然还有特洛亚战争的"始作俑者"——帕里斯和海伦。上至国王祭司,下至妇孺仆人,无一不被收纳进这幅既现实又浪漫的长卷中,而手握点睛之笔的则是奥林波斯山上的神明:他们从始至终关注着这场战争,安排着凡人的命运,推动着战争的发展,甚至亲身参与其中。每个人物都有鲜明的性格特征,同时又展现出某种群体的共通性。这些人物被荷马用独特的方式一一刻画,他把英雄们和神明们置于重大的矛盾冲突中,着力突出他们的话语和行动,用高超的话术和情节铺排来塑造饱满的人物形象和丰富的人物性格。下面笔者将简单介绍《伊利亚特》中对战双方的代表人物以及各路神明。

(1)阿喀琉斯

阿喀琉斯是《伊利亚特》中被描述最多、特点最鲜明的中心人物。他是海洋女神和人间国王珀琉斯之子,"不和的金苹果"之争就是发生在其父母的婚礼上。他的母亲在他出生后,捉住他的脚踝将他倒放入冥河水中浸泡,因而除了脚踝他全身刀枪不入(在攻破特洛亚都城后,他因被帕里斯或是阿波罗射中唯一的弱点——脚踝而死,后世的"阿喀琉斯之踵"源自于此)。从小他便向半人马喀戎①学习医术和

---

① 喀戎(Χείρων/Chiron),古希腊神话中的半人马族,是宙斯父亲克洛诺斯与一位仙女之子。他向阿波罗和阿尔忒弥斯学习了医术、狩猎、音乐等技艺,以智慧著称,后来成为多位古希腊英雄(赫拉克勒斯、阿喀琉斯、忒修斯、伊阿宋、珀尔修斯等)的老师。

战斗等技艺，具备了超凡的武艺和胆魄。在他幼年时，有神谕预告了他的两种命运：一是寿终正寝却默默无名，四世之后被人遗忘；二是生命短暂，死得光荣，流芳百世。阿喀琉斯不属于海伦的求婚者，本不需要遵守盟约参加远征特洛亚的军队，但古希腊联军的鸟卜师[①]卡尔卡斯预言，必须有阿喀琉斯，特洛亚城才能被攻陷，因此联军两大军师涅斯托尔和奥德修斯前去阿喀琉斯的家乡招募他（《伊利亚特》中奥德修斯和涅斯托尔分别在第九卷和第十一卷回忆了此事）。他母亲预知儿子将死于特洛亚，将他藏匿起来以躲避战争，但最终命运和荣誉的召唤让阿喀琉斯加入了古希腊联军。

《伊利亚特》中的阿喀琉斯作为核心人物，在第一卷罢战后直到第十八卷才重登战场，中间只在第九、十一、十六和十七卷中短暂露面。前半部分看似他一直缺席，却又无处不在。正是他的愤怒退战导致了阿开奥斯人的节节败退，他像是"定海神针"一样，在背后决定着战事的走向。

史诗中的阿喀琉斯被荷马赋予了丰富复杂的个性。首先他是一个骁勇的战士和卓越的领袖，到达特洛亚后的近十年间，他攻城略地、战功赫赫。正如他在第九卷中提及自己"从海中掠夺十二座都城，从陆路劫掠十一座特洛亚城市，夺获许多好的财物"；在第十八卷中，罢战多日后的他仅仅只是在战壕边露面怒吼了三声，就将特洛亚人吓

[①] 通过观察飞鸟的种类、数量、飞行方向、叫声等来进行预言的占卜师。

得溃不成军，而重登战场的他更是如猛虎出山，气势如虹，将特洛亚人杀得丢盔弃甲，被迫回城，还一举消灭了敌人的主心骨——赫克托尔。在第二十和二十一卷中，荷马详细描绘了一心为友复仇的阿喀琉斯在战场上横扫千军的场景，他被比作肆虐丛林的烈火和碾压麦粒的公牛，暴虐地杀死了无数的特洛亚将士，更与美神之子、河神之孙乃至河神英勇对战。

其次他是一个视荣誉重过生命的人。史诗开头部分他认为阿伽门农抢走的不只是一个简单的女仆，而是"我辛苦夺获、阿开奥斯人敬献的荣誉礼物"，更认为他的辛苦战斗与所获得的荣誉回报并不相等，阿伽门农的无理要求是对他无比看重的荣誉的侮辱，因而愤怒退战；第九卷中，虽然阿伽门农派使者说和并承诺极度丰厚的赔礼，但在阿喀琉斯看来，他所蒙受的荣誉损失不能用财富来弥补，而且丰厚赔礼后隐含着阿伽门农依然傲慢的态度，再一次激怒了阿喀琉斯，使他认为自己被视作"不受人尊重的流浪汉"，而不是阿开奥斯人当中能力最强、荣誉最高的人。阿喀琉斯固执捍卫荣誉，拒绝接受求和礼物，坚持不出战导致诸多士兵牺牲，甚至表示要率军回国，使得联军其他首领认为他是意气用事、冷酷无情之人。然而阿喀琉斯没有真的退兵归乡，到了战事的危急关头，他马上同意了帕特罗克洛斯的代战请求，令好友"在全体阿开奥斯人中为我树立巨大的尊严和荣誉，让他们主动把那个美丽的女子还给我，连同丰富的赔礼"。在帕特罗克洛斯牺牲后，阿喀琉斯更是斩断退路，在生命和荣誉中做出了勇敢抉择——选择满载荣誉的短暂生命而不是碌碌无为的平庸一生。

再次，阿喀琉斯也是一个温厚善良的人。史诗第一卷中许多联军士兵死于阿波罗降下的瘟疫，是阿喀琉斯首先站出来召集大会商量对策；对身边的爱人，即便对方是女俘，他也真诚关心，"从心里喜爱她"；以往对于战场上的俘虏，他大多时候不是残忍杀害，而是"曾经很乐意宽恕特洛亚人，活捉他们许多人并把他们卖掉"；对从小一起长大的挚友，他情深义重，得知帕特罗克洛斯的噩耗后悲痛万分，主动打破自己拒不出战的坚持并与阿伽门农和解，手刃仇敌后为好友举办了隆重葬礼和竞技会，在火葬仪式当夜，阿喀琉斯甚至"整夜不断舀酒酹祭，声声呼唤不幸的帕特罗克洛斯的魂灵，有如父亲悲痛焚化未婚儿的尸骨"，之后他更是百般凌辱赫克托尔遗体，以表达对挚友的哀悼。然而当赫克托尔的父亲跪在他面前哭求赎回儿子遗体时，阿喀琉斯由这位经受丧子之痛的老国王想到自己年迈的父亲，想到自己的父亲以后注定要承受的同样痛苦，他便放下对了赫克托尔的仇恨，不仅答应了老国王的请求，还体贴地为后者安排饭食和住宿，让我们看到了他性格中细腻善良的一面。

荷马笔下的阿喀琉斯既英勇率真，又任性固执，既温厚善良，又暴虐凶狠，既乐于奉献、尊敬他人，又无比重视个人荣誉，既尊崇神明，又不畏对抗神明，所有这些个性特征交织，构成了《伊利亚特》中最丰富完满的人物形象。

（2）阿伽门农

阿伽门农是迈锡尼国王，而迈锡尼在当时古希腊诸城邦中是最富有、最强大的，阿伽门农因而成了古希腊联军的首领。《伊利亚特》

中荷马用"阿特柔斯之子""人民的国王""权力广泛的""驯马的""人民/士兵的牧者"等诸多词来形容他。智者涅斯托尔和奥德修斯都称他的光荣和权力由宙斯赐予,而特洛亚国王普里阿摩斯第一次见阿伽门农时将他描述为魁梧高大的战士和英俊无比的国君。然而在另一些人口中,阿伽门农完全是另一个形象,比如阿喀琉斯怒斥他为"最贪婪的人""无耻的人,狡诈之徒""头上生狗眼,身上长鹿心"。普通士兵特尔西特斯也不满阿伽门农侮辱阿喀琉斯,骂他贪得无厌。

诚然,荷马塑造的阿伽门农具有非常复杂的性格。他身为手握权柄的国王,对礼貌前来赎女的祭司克律塞斯凶横无礼,认为对方的行为冒犯了他身为国王的尊严;当鸟卜师卡尔卡斯言明,阿波罗降下瘟疫实质上为了惩罚阿伽门农不归还祭司之女,阿伽门农对这位鸟卜师也是恫吓责骂;对阿喀琉斯提出的合理建议嗤之以鼻,反过来无理蛮横地要夺走阿喀琉斯的女仆作为补偿。卷一中阿喀琉斯一开始与阿伽门农的两段对话是平静而理性的,而阿伽门农却是从始至终咄咄逼人、傲慢无礼,逼得阿喀琉斯的愤怒不断升级,最终导致两人决裂。深究背后原因,不难发现其实是阿喀琉斯的超凡勇猛引起了阿伽门农的嫉妒,一个自傲的国王不能容忍其权威和尊严受到杰出下属的威胁。阿伽门农数次在话语中流露出这样的心思,比如"神样的阿喀琉斯,尽管你非常勇敢,你可不能这样施展心机欺骗我","你是宙斯养育的国王中我最恨的人,你总是好吵架、战争和格斗。你很有勇气,这是一位神赠给你的"。看似他将阿喀琉斯的勇敢全都归于神明所赐,实则还是嫉妒与忌惮这位最厉害的阿开奥斯人。

虽然之前阿喀琉斯谴责阿伽门农不经常出战反倒享受最多的战利品，但真上了战场，阿伽门农也是一个优秀勇猛的战士，对待敌人冷酷无情，他曾斥责想要饶过俘虏的弟弟墨涅拉俄斯："你可不能让他逃避严峻的死亡和我们的杀手，连母亲子宫里的男胎也不饶，叫他们都死在城外，不得埋葬，不留痕迹。"他疼爱弟弟，当墨涅拉俄斯被狡诈的特洛亚人射伤后，他既担心弟弟真的会死去，更忧心若此次远征失败，他会蒙受羞辱，内心的复杂被荷马刻画得细致入微。面对特洛亚人的猛烈反攻和古希腊联军的节节败退，阿伽门农作为联军首领两次心生惧意，甚至流泪，居然提议大家乘船逃回家乡。面对落败危险，他终于承认自己做事愚蠢，愿意放开心胸接受他人的建议："但愿有人能提出更好的建议，无论他年轻还是年迈，我都愿意听。"所以当涅斯托尔建议他向阿喀琉斯求和时，他一口答应并主动提出丰厚赔礼（但姿态依然是高傲的）；当狄奥墨得斯建议首领们不该撤退，即使带伤也应该巡察战场时，阿伽门农虚心接受并带领首领们上战场鼓舞士气。

不过当阿喀琉斯主动放低姿态向阿伽门农提出和解时，阿伽门农的反应却又有些矜持自傲，把过错推给神明，辩解"是宙斯、摩伊拉和奔行于黑暗中的埃里倪斯在那天大会上给我的思想灌进了可怕的迷乱，使我抢夺阿喀琉斯的战利品"。他洋洋洒洒地说了一大段论证神明怎样夺人心智，对阿喀琉斯的求和草草回应几句话，接着又是奉出赔礼，又是祭神宣誓，看似诚心和解，却也流露出他对自己君王权威的维护。在帕特罗克洛斯的葬礼竞技会上，阿喀琉斯将标枪比赛的奖品直接颁给未比赛的阿伽门农："阿特柔斯的儿子，我们全都知道你强过众人，力气大，投枪也出色，现在就请你收下这奖品送往空心船。"面对阿喀琉斯真诚的敬意和慷慨的馈赠，阿伽门农却没有太多表示，也许他对阿喀琉斯的心结没那么容易被解开。

（3）奥德修斯

和在《奥德赛》中不同，伊萨卡国王奥德修斯在《伊利亚特》中并不是第一男主角，不过依然是最重要的几个英雄人物之一。他与年长的智者涅斯托尔及伊多墨纽斯并称为古希腊联军中三大最可靠、最有智慧的顾问，对外是能干的外交使者，对内是调和争端、安稳军心和领军打仗的优秀首领。《伊利亚特》中有这样的描述："足智多谋的奥德修斯，懂得各种巧妙的伎俩和精明的策略。"他作为使团代表，送回了克律塞斯的女儿，让古希腊联军不再遭受阿波罗神的惩罚。在阿喀琉斯宣布退战，阿伽门农假意撤军时，是奥德修斯稳住了着急回乡的首领和士兵们，让他们重新燃起斗志，继续奋战。之后特洛亚人在赫克托尔的带领下强力反攻，让古希腊联军陷入困境，奥德修斯与其他两人代表阿伽门农向阿喀琉斯求和，他苦口婆心地以大局观劝解阿喀琉斯。在第十卷中，奥德修斯由于足智多谋被选中与狄奥墨德斯夜探敌营，路上抓住了赫克托尔的探子多隆并审问出了许多敌军讯息。在随后的激战中，奥德修斯被特洛亚人围攻并被刺伤肋部，荷马在此首次对人物进行了心理描写，展现了奥德修斯毫不退缩的坚强意志："只有可耻的胆小鬼才思虑逃避战斗，勇敢的战士在任何险境都坚定不移，无论是进攻敌人还是被敌人攻击。"在古希腊联军节节败退且阿伽门农想要逃跑时,奥德修斯痛骂他"应该去率领一支懦夫之军,而不应该来统率我们"。在愤怒的阿喀琉斯急于领军为帕特罗克洛斯复仇之时,奥德修斯提出了睿智的建议,说服阿喀琉斯让士兵先进食休息,以便恢复体力继续作战。更不用说最后终结特洛亚战争的"木马计"也是归功于奥德修斯的聪明才智。除了在战斗中表现的英勇和机智,奥德修斯还在帕特罗克洛斯的葬礼竞技会上和大埃阿斯摔跤战成平局,和小埃阿斯比赛短跑获得冠军,展现了他的强健体魄。通过上述奥德修斯的各类行动和话语,荷马生动且成功地塑造出一个勇敢的战士、英明的国王和机智的领袖形象。

(4)墨涅拉俄斯

作为斯巴达国王和海伦的丈夫,他不甘受妻子和财产被掠之辱,愤而借哥哥阿伽门农的力量组建联军,誓要夺回所失,一雪前耻。他受赫拉、雅典娜及战神阿瑞斯的宠爱,在《伊利亚特》中荷马用"金发的""善吼的""英勇的""尚武的""强大的""显贵的""宙斯养育的"等词来形容墨涅拉俄斯。在特洛亚人的描述里,他"发言流畅,简要清楚,不是好长篇大论或说话无边际的人"。墨涅拉俄斯不仅是尊贵的国王,还是一个英勇的战士,杀敌无数。《伊利亚特》中他在战场上的首次露面是与帕里斯的单人决斗,他见到仇人帕里斯,就"如一头狮子在饥饿时遇见野山羊或花斑鹿,心里喜悦,尽管有健跑的猎狗和强壮的青年在驱赶,仍要贪婪地把它吞食"。决斗中虽有美神的介入,墨涅拉俄斯也毫无意外地轻松击败了帕里斯。不过在第六卷中,他面对战败之人的求饶也曾动过恻隐之心,这个细节体现出他的真正心性不像阿伽门农那样残忍无情。对于古希腊联军为他与帕里斯的仇怨背井离乡远征他国，他的感受是"心里特别忧愁……你们为我的争执和阿勒珊德罗斯的行为忍受许多苦难"，因此他对战友们义薄云天、肝胆相照。第十一卷中他不惧凶险，与大埃阿斯救出深陷围攻的受伤的奥德修斯。在第十七卷中当他发现帕特罗克洛斯被赫克托尔杀死时，迅速赶到守护战友，"如母牛初次生育哞叫着守护刚产下的幼犊"。他独自奋勇杀死前来抢夺遗体的特洛亚名枪手欧福尔波斯，身陷围攻时依然没有抛下战友，之后和大埃阿斯率领士兵与特洛亚人进行了艰苦卓绝的争夺战。即便有宙斯和阿波罗的阻拦，墨涅拉俄斯舍生忘死，坚决与同伴将帕特罗克洛斯的遗体从战场扛回，捍卫了战友死后的尊严和荣誉。在帕特罗克洛斯的葬礼竞技会战车比赛后，他斥责一个年轻的竞争对手要计谋影响了他的战车驾驶，但当对方诚恳道歉并表达出足够敬意后，他很干脆地原谅了对方，"好让大家知道我的这颗心并不那样高傲和严厉"，表现出心性豁达的一面。

（5）帕特罗克洛斯

帕特罗克洛斯在《伊利亚特》中是一个坚毅勇敢，同时又温和仁善的英雄人物。他与阿喀琉斯友谊深厚，后者视帕特罗克洛斯为"我最钦敬的朋友，敬重如自己的头颅"。在第十一卷中，特洛亚人的猛烈反攻让许多阿开奥斯人受伤撤退，注视着战局发展的阿喀琉斯派帕特罗克洛斯去打听消息。善良的帕特罗克洛斯为负伤的一位伙伴治疗伤口，耳闻目睹了阿开奥斯人的惨烈境地后激愤不已。他听从智者涅斯托尔的建议，主动要求披上阿喀琉斯的铠甲，率领米尔弥冬人出战，而阿喀琉斯也同意让他和士兵们为阿喀琉斯树立尊严和荣誉。神样的帕特罗克洛斯在战斗中奋勇杀敌，毫不退缩，杀死了54个特洛亚士兵，甚至包括宙斯的私生子萨尔佩冬。他忘记了阿喀琉斯让他不要追击的嘱咐，带领士气重振的阿开奥斯人向伊利昂城冲锋了数次。要不是阿波罗神一直在阻挠，他甚至可能攻进特洛亚人的都城。然而帕特罗克洛斯最终逃不过神明给他设定的死亡命运，被阿波罗击伤后，他被赫克托尔杀死并被剥去了铠甲。第十六卷中一幕幕紧张激烈的战斗场景都在描画着帕特罗克洛斯的英勇身影，他的战死成了《伊利亚特》的重要转折点，激发了阿喀琉斯的第二次愤怒并导致了后续的复仇之战。而他死后阿开奥斯人拼尽全力将他的遗体夺回，不仅因为他为大义挺身而出，也因为"善良的帕特罗克洛斯活着的时候对所有人都那么亲切"。他温和仁善的一面在后来布里塞伊斯哀悼他时又被体现出来。① 在葬礼的前一夜，帕特罗克洛斯托梦给阿喀琉斯，哀叹好友必死的命运，还提出让二人合葬，"让我俩的骨灰将来能一起装进那只黄金双耳瓶"。

（6）大小埃阿斯和狄奥墨得斯

《伊利亚特》中有两个同名为埃阿斯的英雄。大埃阿斯是特拉蒙之子，身形高大、武艺高强、英勇善战，被称为阿开奥斯人的堡垒；

---

① 《伊利亚特》第19卷295—300行："当捷足的阿喀琉斯杀死我丈夫，摧毁了神样的米涅斯的城邦，你劝我不要悲伤，你说要让我做神样的阿喀琉斯的合法妻子，用船把我送往佛提亚，在米尔弥冬人中隆重地为我举行婚礼。亲爱的，你死了，我要永远为你哭泣。"（罗念生译本）

公元前500年的古希腊陶制圆盘画：阿喀琉斯为帕特罗克洛斯包扎伤口。现存德国柏林阿尔特斯博物馆

小埃阿斯是奥伊琉斯之子,身材矮小灵活,卓绝的枪法胜过全体阿开奥斯人。大埃阿斯被公认为是古希腊联军中仅次于阿喀琉斯的杰出战士,《伊利亚特》中对他的作战描写特别多,尤其在阿喀琉斯因愤怒而退战的期间,他俨然是阿开奥斯人的战魂。在第七卷中,特洛亚军队首领赫克托尔提出与阿开奥斯人进行单人决斗,古希腊联军各首领们用抓阄来决定人选,大家都惧怕被选中去对战可怕的赫克托尔,心中祈求最终抓出来的阄是大埃阿斯的(这也从侧面反映出大埃阿斯在古希腊联军中的勇猛地位)。如大家所愿,大埃阿斯抽中,他与赫克托尔决斗到日落,不分胜负,最终握手言和并互赠随身物品作为礼物。在第四卷到第八卷、第十一卷到第十五卷中的激烈战斗场景中都能看到大埃阿斯(偶尔也有小埃阿斯)英勇作战的身影。当士气高涨的特洛亚人攻破古希腊联军的防御木墙打到海边时,力大无比的大埃阿斯举起大石头砸伤了赫克托尔,暂挫了对方的锐气。而特洛亚人在宙斯和阿波罗神的帮助下猛攻古希腊人的战船时,阿开奥斯人四散溃逃,大埃阿斯"从一条船跳到另一艘船,喊声达云霄,召唤阿开奥斯人,要他们保卫舰舶和毗连建立的营帐"。他带头在战船上冒着枪林箭雨抵御敌人,不让特洛亚人放火烧船。然而最终他也明白过来,是天神宙斯要把胜利赐给特洛亚人,让他的抵抗奋战白费。

另一位令人印象深刻的阿开奥斯英雄是"擅长呐喊的"狄奥墨得斯。他骁勇善战、胆量过人、见识不凡,荷马在各种战斗场景和人物对话中将狄奥墨得斯的这些特点展现得淋漓尽致。第五卷中狄奥墨得斯获得雅典娜女神赐予的勇气和力量,勇猛无敌,夺去了许多特洛亚人的生命，甚至刺伤了美神阿弗洛狄忒的手掌和战神阿瑞斯的腹部，迫使两个帮助特洛亚人的神明暂时退出了战场。第九卷中古希腊联军节节败退，首领阿伽门农心生退意，是狄奥墨得斯第一个站出来反对，勇敢指责阿伽门农做事愚蠢缺乏胆量，表示"要是你的心急于回家，你就走。……我和斯特涅洛斯两个将一直战斗到攻下伊利昂！"在阿喀琉斯拒绝阿伽门农的求和依然不愿出战时，面对满心忧愁的阿开奥斯人，也是狄奥墨得斯站出来鼓励大家养精蓄锐，继续英勇作战。他主动提出夜探敌营，和奥德修斯一起抓住了特洛亚人的探子，审问出了珍贵情报，并在夜色中一举杀死了包括色雷斯国王在内的13人，夺走了许多战马，为阿开奥斯人立下大功。两军激战中，狄奥墨得斯还曾用投枪击中赫克托尔的头盔，让后者受伤撤退。他被帕里斯的箭射伤后，还羞辱对方："渺小的懦夫放出的箭矢总是软弱无力。"在古希腊联军退守海边，情势危急而阿伽门农又想逃跑时，又是他提出让首领们带伤上战场激励士气。除了战场上的勇猛，在纪念帕特罗克洛斯的葬礼竞技会上，狄奥墨得斯还凭出色的御车技艺赢得了战车比赛，在武艺比试中与大埃阿斯战成平手。

（7）涅斯托尔

来自皮洛斯的老国王涅斯托尔被荷马塑造成一个富有智慧、开明善辩的长者，被称为是"声音清晰的演说家，从他舌头上吐出的语音比蜜更甜"。他是阿开奥斯人的军师，在古希腊联军组建前，他和奥德修斯根据神谕的指示成功说服阿喀琉斯参战；在战争期间，他不光提出很多睿智的策略建议（比如修木墙挖壕沟来构建防御工事），还亲自上阵作战。作为受所有阿开奥斯人尊敬的智者，他在《伊利亚特》开篇阿伽门农和阿喀琉斯争吵之时就一直居中调和，劝解双方。在第九卷古希腊联军节节败退，阿伽门农想要逃走时，涅斯托尔说服阿伽门农向阿喀琉斯求和，并精心挑选了前去讲和的人选。在第十一卷中，阿喀琉斯注意到了两军的激烈战斗，派帕特罗克洛斯向涅斯托尔询问情况。涅斯托尔想借帕特罗克洛斯之口说服阿喀琉斯出战，他用出色的口才，激起了帕特罗克洛斯为全体古希腊联军而战的勇气。之后帕特罗克洛斯听从了涅斯托尔的建议，穿上阿喀琉斯的铠甲代之出战而死，以致阿喀琉斯愤怒复仇，这期间涅斯托尔是间接推动情节发展的重要关联人物。在阿喀琉斯举办纪念帕特罗克洛斯的葬礼竞技会时，他将战车比赛的最后一个奖项直接送给没有参赛的"老英雄"涅斯托尔，侧面显示了阿喀琉斯以及阿开奥斯人对涅斯托尔的尊崇和敬意。

（8）赫克托尔

赫克托尔是特洛亚的大王子、帕里斯的哥哥，既是特洛亚军队的最高将领，也是第一勇士，深受军民爱戴。虽然他一直谴责帕里斯为美色挑起战事，但丝毫没有推卸保卫城邦的重任。在第七卷中，当他向最勇敢的阿开奥斯人挑战时，起初没有人敢应战，想应战的墨涅拉俄斯也被阿伽门农拦下，因为阿伽门农认为"别的人都害怕他而发抖，甚至阿喀琉斯同他相遇也打寒战"，最终只有勇士大埃阿斯敢站出来与赫克托尔决斗，两人久战后难分胜负，侧面反映出赫克托尔的勇猛善战。在后来的战役中他与诸多阿开奥斯人的英雄首领进行对战，杀敌无数。在对方进攻勇猛或是自己受伤的情况下他也曾退缩过，不过一旦有战友或盟友质疑他的勇气,他会马上展现出对荣誉的看重而继续领军作战。

在阿喀琉斯退战期间,赫克托尔在神明的帮助下横扫战场,一度火烧古希腊联军战船,还杀死了帕特罗克洛斯,然而他并不知道宙斯只是将他当作赐予阿喀琉斯荣誉的工具。当得知阿喀琉斯将重返战场,有同伴劝说赫克托尔退兵回城以避锋芒时,赫克托尔却认为自己还有宙斯的帮助,一意孤行拒绝退兵。等到阿喀琉斯杀得特洛亚人溃逃回城时,赫克托尔不顾父母的哀求拒绝进城,虽然内心犹豫动摇,想了各种退路,但还是想与阿喀琉斯正面一战,然而真的见到阿喀琉斯杀来时,他又转身仓皇逃跑,众目睽睽之下绕着特洛亚城墙跑了三圈,暴露了他内心真正的恐惧。阿波罗不再帮他,雅典娜则诱骗他停止逃跑,此时赫克托尔才真正明白神明对他命运的安排,"现在死亡已就在近前,我无法逃脱,宙斯和他的射神儿子显然已这样决定,尽管他们曾那样热心帮助过我:命运已经降临。我不能束手待毙,暗无光彩地死去,我还要大杀一场,给后代留下英名。"为了英雄的荣誉和护国的责任,赫克托尔最终决然迎向悲壮的死亡。

在战场之外赫克托尔是个什么样的人呢?荷马在第六卷赫克托尔短暂回城时通过其与许多人的见面和对话塑造了赫克托尔的另一面。他刚进伊利昂城门,所有特洛亚人的妻子和女儿都跑到他身边询问自己亲人的情况,他对她们没有拒之千里、高高在上,温和的态度反映出他性格的柔和。他与母亲的对话表现出足够的尊重,是一个谦和孝顺的好儿子形象。在与妻子话别的场景中,妻子哭诉所有娘家亲人都被阿喀琉斯杀害,而赫克托尔成了她唯一的亲人和依靠,劝他不要上阵,"别让你的儿子做孤儿,妻子成寡妇",而赫克托尔回应道:"我的心不容我逃避,我一向习惯于勇敢杀敌……特洛亚人日后将会遭受苦难……但我更关心你的苦难,你将流着泪被披铜甲的阿开奥斯人带走,强行夺去你的自由自在的生活……但愿我在听见你被俘呼救的声音以前,早已被人杀死,葬身于一堆黄土。"他看着含泪惨笑的妻子心生可怜,还用手抚摸她、呼唤她的名字来安慰她。这段回答和动作细节生动呈现了好丈夫赫克托尔的内心矛盾及对妻子的情深似海。他吻抱幼子的温馨细节及为儿子向神明做的虔诚祷告,透露出一个好父亲对孩子的拳拳爱意。对待弟弟帕里斯,赫克托尔恨铁不成钢,经常斥责他引来战祸还胆怯畏战,而当帕里斯转变状态表现出勇敢和担当时,作为一个有责任感的好兄长的赫克托尔也表示出欣慰和鼓励:"听见特洛亚人说你的可耻的话,我心里感到悲伤……这些事日后可以补救,只要我们把阿开奥斯人赶出特洛亚的土地。"

在被阿喀琉斯杀死后,赫克托尔的形象在一系列的场景中被塑造得更加完整。特洛亚老国王和王后因失去最爱且最优秀的儿子悲痛得撕心裂肺,深爱他的妻子乍闻噩耗昏倒在地,哀戚的哭泣回荡全城。他的遗体由美神和阿波罗护佑不致腐烂,在被阿喀琉斯连续折辱多日后,甚至连宙斯也心生怜悯。老父亲在神明的帮助下从阿喀琉斯处赎回了他的遗体,全城男女老少都出来迎接,妇女们齐唱挽歌,其中海伦的挽歌让我们又了解到赫克托尔的一个侧面:"我离开祖国已是第二十年头,但没有从你那里听到一句恶言或骂语……

俄国画家安东·帕夫洛维奇·洛申科的油画《赫克托尔与安德洛玛刻告别》（1773），现存于俄罗斯莫斯科特列季亚科夫画廊

如果有人——你的弟兄姐妹、穿着漂亮的弟媳或是你的母亲——开口斥责我,你父亲除外,他对我很温和,你就苦口婆心劝说他们,用温和的态度、温和的语言阻止他们。"至此,荷马成功地将一个有血有肉、有情有义、性格饱满、角色全面的古代氏族英雄呈现在我们面前。

(9)帕里斯

帕里斯在《伊利亚特》中的另一个名字是阿勒珊德罗斯。在神话故事中,他的母亲特洛亚王后赫卡柏在生他前梦见了一场大火,预言说他会给特洛亚带来灾难,所以他一出生就被丢弃到伊达山,由牧羊人抚养长大并被取名帕里斯。这位年轻人在山中牧羊时当了金苹果的裁判,后来借机会重回王宫,恢复了特洛亚王子的身份,之后前往斯巴达拐走海伦,挑起了特洛亚战争。

《伊利亚特》中帕里斯的固定修饰词是"神样的""俊美的""美发""海伦的丈夫",他的出场形象则是"肩上披一张豹皮,挂一把弯弓、一柄剑,手里挥舞两支有铜尖的长枪"。然而在真正的战场上他却不是一马当先、英勇奋战的主角,因此在第三卷中赫克托尔用这样的话谴责羞辱帕里斯:"不祥的帕里斯,相貌俊俏,诱惑者,好色狂,但愿你没有出生,没有结婚就死去,比起你成为骂柄,受人鄙视好得多……你把一个美丽的妇人、执矛战士们的弟妇从遥远的土地上带来,对于你的父亲、城邦和人民是大祸,对于敌人是乐事,于你自己则可耻。"这些话透露出当时世人对帕里斯的普遍看法,他也被荷马塑造成一个不在乎荣誉、没有责任心且懦弱的人。两军对战时帕里斯装作威风凛凛的样子，要向阿开奥斯人中最英勇的将士挑战，然而一看到站出来的是海伦的丈夫墨涅拉俄斯时，帕里斯"像一个人在山谷中遇见蟒蛇，手脚颤抖，脸面发白"，心虚怯懦地迅速躲回特洛亚人的队伍中。在不得不上场与墨涅拉俄斯决斗时，帕里斯在对方的凶猛进攻下很快败下阵来，临死之际幸亏有美神施法相助才得以逃生。回到宫室后，他面对海伦的谴责毫不在乎，不以落败为耻，认为对方是因为有神相助才胜过他，下次他也能靠神的帮助胜利。在两军还在战场对峙，甚至因为他逃走而再起战火时，他却沉醉温柔乡，直至赫克托尔回到王宫责骂他并劝他出战。有特洛亚人提出，因为帕里斯在之前的决斗中落败，根据双方盟誓应该归还海伦和她的财产，帕里斯却表示只愿归还钱财，绝不让出海伦，使两军和解的希望落空。返回战场后，《伊利亚特》中对帕里斯的出场描述非常少，他作为弓箭手经常是躲在后方朝阿开奥斯人射箭，以至于他射中狄奥墨得斯的右脚后，后者嘲讽他是"以美发自傲的弓箭手、吹牛家、献媚者"，不敢持刀枪和对方正面作战。不过经过惨烈战事的磨炼，帕里斯后面也发生了变化，不再一味懦弱胆怯，他与同伴并肩作战，对赫克托尔对他怯战的责备反驳道："请相信我，我们会坚定地跟着你走，我们有多少力量就会使多少力量。"

（10）普里阿摩斯

作为特洛亚人国王的普里阿摩斯并没有直接参战，大部分时候是出席会议或是与其他贵族长老在高高的伊利昂城墙上观战。在第三卷中他被请下城墙，与阿开奥斯人首领阿伽门农一同祭神盟誓，约定由帕里斯与墨涅拉俄斯的决斗结果来决定战争最后的胜负。他对海伦友好,并不像其他人一样怪罪海伦带来的战祸。他被塑造成一个平和、有威严、关键时刻不够果断的国王,然而在他最爱的儿子赫克托尔要对战来势汹汹的阿喀琉斯时,他失去了平和与镇定,在城墙上痛哭哀求赫克托尔不要去送死,将他对阿喀琉斯杀害他诸多儿子的愤恨和对都城陷落后自己可能遭遇的悲惨结局的害怕都表现了出来。看到阿喀琉斯凌辱死去的赫克托尔,他更是全然崩溃,哭号着想冲出城去抢回赫克托尔的遗体。在阿喀琉斯扣留折辱赫克托尔遗体的十几天里,普里阿摩斯一直在哀悼哭泣,甚至在庭院的秽土中打滚。这样浓烈的父爱甚至感动了宙斯,于是宙斯派使者告知并引导普里阿摩斯去向阿喀琉斯赎回儿子的遗体。悲伤的老父亲不顾亲人劝阻,冒着被杀死的危险,独身面见杀子仇人,并抛下国王的尊严恳求他:"阿喀琉斯,你要敬畏神明,怜悯我,想想你的父亲,我比他更是可怜,忍受了世上的凡人没有忍受过的痛苦,把杀死我的儿子们的人的手举向唇边。"面对这样一个勇敢与决绝的老父亲,坚毅甚至残忍的阿喀琉斯都只能默然并被触动。

(11)女性形象

《伊利亚特》作为战争叙事史诗,女性角色所占篇幅不多。在特洛亚人一方,有代表性的分别是帕里斯的妻子美女海伦、赫克托尔的妻子安德洛玛刻、帕里斯和赫克托尔的母亲特洛亚王后赫卡柏,而古希腊联军因远离家乡,在这一方提及的多是阿开奥斯人在攻城略地中俘虏的妇女,如让阿伽门农和阿喀琉斯决裂的克律塞伊斯和布里塞伊斯。

荷马在《伊利亚特》中用"美发的""白臂的""提大盾的宙斯的女儿""美丽妇人""神样的女人""有馨香衬袍/身披长袍的"等词来描绘神话中的凡间第一美人海伦。海伦在《伊利亚特》中有四次出场,分别是:在第三卷中登上特洛亚城楼观看墨涅拉俄斯和帕里斯为她的归属进行决斗,然后回宫殿见被阿弗洛狄忒施法救下的几乎落败的帕里斯,在第六卷中与前来说服帕里斯返回战场的赫克托尔对谈,最后是在第二十四卷中为赫克托尔的葬礼唱第三支挽歌。在城楼上看到海伦的特洛亚城领袖们既惊叹她的美貌,觉得特洛亚人为这样美若女神的妇人遭受了十年战乱也无可抱怨,但也坚持认为"尽管她如此美丽,还是让她坐船离开,不要成为我们和后代的祸害"。从海伦为赫克托尔唱的挽歌中我们也可以了解到她在特洛亚的处境:"人人见了我都发颤。"除了丈夫帕里斯,只有公公普里阿摩斯和大伯子赫克托尔对她和蔼友好,婆婆和其他特洛亚人可能都对她开口斥责、恶语相向。与此同时,海伦呈现出来的是自责痛苦的形象,她对自己的定位是"无耻的人、祸害的根源、可怕的人物",并且多次提到情愿早就死去,也不愿让这么多的阿开奥斯人和特洛亚人因她的罪孽而遭受苦难。她谴责在决斗中怯懦败逃的帕里斯,可也表示不愿跟随墨涅拉俄斯回去:"我不到他那里——那是件令人气愤的事——去分享他的床榻;所有特洛亚妇女今后一定会谴责我,我心里已非常痛苦。"仅用数段对话,荷马就勾勒出一个饱满的海伦形象,但是他没有对海伦进行直接评价,而是留给读者自行研判这位"红颜祸水"的空间。

赫克托尔的妻子安德洛玛刻在《伊利亚特》中的出场分别为第六卷中与丈夫凄婉话别、第二十二卷中得知丈夫死讯悲痛昏厥和最后一卷中在丈夫葬礼上哀悼痛哭。当听说特洛亚人苦战,她"活像个疯子"带着儿子爬上城墙,遥望战场忧心丈夫。当丈夫中途回城,她焦急奔回,哭求丈夫不要参加战斗,因为她预感到了丈夫的死亡。然后她也清楚丈夫的执着和对荣誉的重视,即便内心悲痛万分,还是选择尊重他的意愿,"含泪惨笑,回头顾盼,与众人哭泣哀悼还活着的赫克托尔,认为他再也不能从战斗中回到家中"。在得知丈夫死讯后,安德洛玛刻的悲叹和葬礼上唱的挽歌都透露出浓浓的丧夫之痛以及对未来人生的迷茫和绝望。我们在安德洛玛刻身上能看到一个忠贞坚忍、深爱丈夫的妻子形象,她也成功呈现了一个深受战争苦难折磨的妇女形象。

(12)神明

古希腊神话中的神明不是形象奇异、无情无性、高不可攀的自然力量化身,高度拟人化是他们的显著特征。《伊利亚特》中的神明有着人类的外表和性情,他们像是身处一个以天神宙斯为核心的大家庭或宫廷,彼此之间既有尊敬服从和爱慕嫉妒,也有明争暗斗和诡计欺诈。然而神明与凡人有一个最大的不同:树叶岁岁枯荣,凡人代代更迭,而神明却享受着永恒的生命和无尽的欢乐。

神明在《伊利亚特》中的身影无处不在。从"金苹果之争"论起,特洛亚战争可以算是从天上转至凡间的神明之争,没有得到金苹果的天后赫拉和智慧女神雅典娜自然支持阿开奥斯人攻陷特洛亚城,而美神阿弗洛狄忒则选择庇护帕里斯和特洛亚人。太阳神阿波罗因他的祭司被阿伽门农羞辱而站在了阿开奥斯人的对立面,海神波塞冬则因他参战的孙子被特洛亚人杀害而开始帮助古希腊联军;最高天神宙斯本置身事外,却因答应了忒提斯替儿子阿喀琉斯提出的请求,介入并主导战争的进程;此外还有许多神明的儿子"在普里阿摩斯的巨大城池下参加作战"。因此诸多神明要么在奥林波斯山上旁观战事,要么下凡参战,尤其是在宙斯允许众神自由出战后,特洛亚城下变成了神明之间角斗厮杀的战场。加入阿开奥斯人一方的神明还有女神勒托和为阿喀琉斯制造新铠甲的火神赫菲斯托斯,而战神阿瑞斯、分送幸运的赫尔墨斯、狩猎女神阿尔忒弥斯及河神斯卡曼德罗斯则选择了特洛亚人。史诗的最后还是由宙斯和其他诸神介入,让普里阿摩斯得以赎回赫克托尔的遗体。

  对战争影响力最大的无疑是天神宙斯,在第一章序曲里便提及了"宙斯的意愿",他应阿喀琉斯的请求让胜利暂时偏向特洛亚人,令阿波罗不断帮助赫克托尔,以绝对的权威震慑、压制其他神明,引导安排了帕特罗克洛斯的死亡,让阿喀琉斯得以重返战场恢复荣誉。在宙斯身上我们能看到神明操纵万物的强大力量:他垂首点头时天山震动;当构思下一日的残酷战斗时,他通宵发出可怕的响雷,让恐惧爬上每个人的心头;当他不满人类的不公正和不敬神时就倾泻暴雨以作惩罚;他会刮起风暴、扬起尘埃来搅乱古希腊人的心智,降下血雨哀悼儿子萨尔佩冬的必死命运,布置黑雾来保护受他宠爱的帕特罗克洛斯的遗体。他还降下各种征兆来影响凡人,如用吞了九只麻雀的蛇预告阿开奥斯人将在第十年攻下特洛亚城,掷下闪电阻拦狄奥墨得斯的进攻,鸣雷给特洛亚人以胜利的信号,遣来抓着幼鹿的鹰以激励阿开奥斯人的作战士气,以及派飞鹰向特洛亚老国王送去好预兆。

其他主要的神明也通过各种神力来干涉战场上的凡人行止。有些神会变幻成凡人形貌或现出真身(主要是雅典娜和阿波罗)来鼓舞英雄的士气或激发他们的怒气,会把某种想法注入凡人的脑中来引导他的行动(如赫拉让阿喀琉斯有了召开集会找到阿波罗神发怒原因的想法),会施计欺骗或蛊惑凡人(如宙斯给阿伽门农送去不实的梦、雅典娜诱骗潘达罗斯重燃战火、雅典娜诱骗赫克托尔停止逃跑以便与阿喀琉斯对决),会利用云雾救走想救的凡人(如美神救帕里斯、阿波罗救阿革诺尔、波塞冬救埃涅阿斯),会给凡人躯体灌输力量或治疗伤势,让他们的身躯恢复战力,会挥舞巨盾或发出巨大嘶吼声扰乱凡人的心性,会给凡人的心中灌入勇气、恐惧、渴求、喜悦等各类情绪,会让某个勇士的长枪或箭射中,而让对手的武器走偏,还会故意弄坏士兵的长枪或射手的弓箭来改变战局。

《伊利亚特》中的神明们虽然法力无边,纵享青春欢乐,但也不能肆意妄为、永无忧患。他们不能摆脱天道的约束,不能违背无情的命运,即便强大高贵如宙斯也不能挽救儿子萨尔佩冬的性命,而忒提斯、阿瑞斯、波塞冬等神明也不能改变各自参战的儿子或孙子的必死命运。神明虽然是不死之身,但也会受伤、痛苦,例如美神阿弗洛狄忒和战神阿瑞斯都在战场上被凡人狄奥墨得斯刺伤（当然背后有雅典娜的帮助），而阿瑞斯还曾被凡人用绳索绑了困在一个铜瓮中整整十三个月；天后赫拉曾被赫拉克勒斯用有倒刺的箭头射中右乳，"受够无法形容的沉重痛苦"，也曾被宙斯用永远挣不断的金链子当众吊起，脚上还挂了两个铁砧；冥神哈得斯也曾吃过赫拉克勒斯射出的速飞箭矢的苦头。

史诗中凡人对神明无比虔诚，或是用各种祈祷求得神明庇佑，或是通过向神明献祭来实现心愿或达成盟誓。① 神明享受的荣耀也依赖于凡人的供奉，因此我们在史诗中可能会发现，神明对待凡人并不遵循某种固定的公平或正义准则，而是按照自己的喜好以及回报原则——谁虔诚、献祭得多谁就得神的宠爱。例如第一卷中克律塞斯携带厚礼请求赎回女儿，却被阿伽门农傲慢拒绝，他作为阿波罗神庙祭司自然备受阿波罗的宠爱，他被侮辱就等于是神明的荣誉被侮辱，因此他的祈求马上得到阿波罗的回应，后者为他用瘟疫惩罚古希腊联军。同样的情形也发生在阿伽门农和赫克托尔身上，他们经常向宙斯祭献公牛的肥肉和大腿骨，赢得宙斯的喜爱，所以宙斯多次回应他们的祈祷，甚至在赫克托尔死前心生怜悯，动了救他一命的念头。

---

① 祈祷场景：克律塞斯 1.35—42/1.450—456，阿伽门农 2.411—418/8.236—244/19.252—268，特洛亚城内 6.302—310，奥德修斯 10.277—282，狄奥墨得斯 10.283—294，赫克托尔 6.475—481，阿喀琉斯 16.231—248/23.194—198，普里阿摩斯 23.305—313；献祭场景：1.458—474，2.421—430，11.727—729，11.773—775；盟誓议和：3.269—301。

荷马用精彩的对话和绝妙的情节塑造了《伊利亚特》中性格各异的神明们,如威严强势的宙斯、高傲善妒且心思深沉的赫拉、好胜勇猛的雅典娜、冷漠无情的阿波罗、暴躁鲁莽的阿瑞斯、和善且知恩图报的赫菲斯托斯等。荷马用生动的笔触描绘了一个人神共处的世界,这个奇幻世界在现代人眼中看来是不可思议的,然而却与那个时代人们的想象和信仰相符,并深刻影响了后世的诗歌和艺术。

战争、死亡、荣誉与命运

《伊利亚特》全篇15693行,既有恢宏壮阔的战争场景、热血沸腾的拼搏厮杀、紧张激烈的军事会议,也有天庭诸神的争吵博弈、夫妻亲友的深情厚谊和葬礼祭祀的哀婉隆重,里面包含了对生与死、战争与荣誉、神明与凡人、激情与欲望、亲情与友谊等方面的思考,描绘了爱琴海沿岸地区的国家人种、统治制度、民族风俗、宗教礼仪、衣食住行、武器装备等诸多细节。古往今来的研究者从不同的角度对《伊利亚特》的主题思想进行了无数的解读。受篇幅所限,本书只能择三个主要方面进行概略介绍。

(1)战争和死亡

《伊利亚特》以战争为叙事主体,是世界文学史上留存至今的第一部军事题材史诗。在原始社会时期,部落间发生的冲突和战斗多是为了争夺食物、森林原野的狩猎权利或可耕种的肥沃土地。《伊利亚特》所描述的古希腊社会处于氏族部落制向奴隶制过渡的时期,完全的私有制还没有出现,富有的氏族贵族开始拥有少数家奴,部落的组织结构发展为军事民主制。①这个时期的战争正如恩格斯所说："古代部落对部落的战争，已经逐渐蜕变为在陆上和海上为攫夺牲畜、奴隶和财宝而不断进行的抢劫，变为一种正常的营生，一句话，财富被当作最高的价值而受到赞美和崇敬。"②回头再看特洛亚战争，这场因帕里斯掠走斯巴达国王妻子及财宝而引起的远征，实际上是古希腊地区和特洛亚地区的氏族部落间互相掠夺财富和奴隶的大规模战争。

然而《伊利亚特》并没有对这场战争的是非曲直做出评判，荷马没有按照我们现代的道义标准抨击古希腊联军的"侵略行为"或特洛亚人的"罪有应得"，反而对交战双方都同样热情颂扬，例如对双方将领都用了积极正面的修饰词来形容，用"狮子""狼""野猪""豹子"等词来比拟他们的英勇，用"如激流""如烈火""如滚石""如海浪"等词来描绘两方军队的浩大攻势，甚至对各自的溃败也做了相差无几的客观描写。究其根源，是因为《伊利亚特》反映的战争理念与今人的战争观念截然不同，为了掠夺财富而进行的战争受到氏族社会全体成员的认可和支持，战争被视作是部落生存的必需品，是带来荣誉和富足的伟大事业。对战双方并没有善恶正邪的绝对区分，亦敌亦友的情况也不少见，因此我们在《伊利亚特》中能看到

---

① 张世君.论《伊利亚特》的战争观念[J].湘潭大学学报(社会科学版).1981(2)。
② 卡尔·马克思，弗里德里希·恩格斯.《马克思恩格斯选集》第四卷.北京：人民出版社，1995，第106页。

狄奥墨得斯和格劳科斯战斗前互报家门，在发现祖辈有来往后握手言和，互换兵器；能看到大埃阿斯和赫克托尔对决后互赠礼物，"在友谊中彼此告别"，甚至各自的士兵都心生欢喜；能看到普里阿摩斯与杀子仇人阿喀琉斯静坐共食，前者惊叹后者的魁梧英俊，后者欣赏前者的态度和谈吐。

荷马在《伊利亚特》中着力描述了两军四个白天里的战斗，宏大激烈的战争场景集中出现在第三至五卷（第一天）、第八卷（第二天）、第十一至十七卷（第三天）、第二十至二十二卷（第四天）。战斗都是从黎明开始，至日落收兵回营。战术都比较原始简单，对阵双方的战车和步兵在前，弓箭手在后，直接正面冲击互相搏杀，偶尔也以双方将领的决斗开始或结束，如第一天的战斗始于帕里斯和墨涅拉俄斯的对战，终于赫克托尔和大埃阿斯的对决；第四天的战斗由阿喀琉斯和赫克托尔的终极决战结束。战士们的武器比较简陋，主要有投枪、矛、盾、铁剑、弓箭、石块。而搏杀的过程简单利落，甚至是格式化的：防御者用盾牌抵挡，进攻者要么用投枪或矛刺中对方要害部位，要么用石头砸伤或用弓箭射中对方，若没有杀死再补上一剑。英雄之间的单人决斗大多也是步骤雷同、描述简单，没有复杂炫目的身形招式，反倒显出粗犷的武力之美，例如第七卷中大埃阿斯与赫克托尔对决，双方先互掷铜枪、互投石头，然后挥剑近身砍杀；第十六卷中帕特罗克洛斯与萨尔佩冬正面扑杀时，双方只互掷了两轮铜枪便以萨尔佩冬心脏被刺结束了战局；史诗高潮部分的阿喀琉斯与赫克托尔对决也是在两步内结束，双方互掷一轮铜枪后,赫克托尔挥剑进攻,却被阿喀琉斯一枪戳穿脖颈毙命。当然简单迅速的打斗情节也从侧面凸显了胜利者的卓绝武艺和强大力量。

战争必然伴随着死亡。《伊利亚特》对死亡的描述也颇有特色。战斗中被杀死的一方或是"双眼被黑暗笼罩",或是"可恨的黑暗把他吞没",或是"紫色的死亡和强大的命运阖上了他的眼睛",倾倒在地,灵魂离体而出,前往冥界哈得斯(Άδης)。灵魂(Ψυχή/Psyche)在此被看作是一个人身体死亡后出现的独立虚体,只能聚居在古希腊神话中的地下幽冥王国哈得斯,不能投胎转世。另外据帕特罗克洛斯托梦阿喀琉斯的说法,只有死者的遗体落葬后他们的灵魂才能"跨进哈得斯的门槛"。因此《伊利亚特》中人们对死者遗体的清理和埋葬格外重视,第七卷中提到两军休战一天以安葬各自战死的士兵,第十六卷中宙斯的凡人儿子萨尔佩冬被杀,宙斯令阿波罗将萨尔佩冬的遗体清理干净并送回故乡埋葬,而第二十二卷中赫克托尔临死前向阿喀琉斯苦苦哀求的也只是:"不要把我丢给阿开奥斯船边的狗群……把我的身体运回去吧,好让特洛亚人和他们的妻子给我的遗体火葬行祭礼。"正是基于古希腊世界通行的埋葬礼仪,阿喀琉斯肆意凌辱赫克托尔遗体的行为明显违背了礼制,激起了全体特洛亚人甚至神明的愤怒和谴责[①]。

对于死者后事的处理,《伊利亚特》中有详细的描述。遗体的

[①] 参见《伊利亚特》第 22 章和第 24 章的相关叙述。

清理出现了三次①（萨尔佩冬、帕特罗克洛斯、赫克托尔），步骤依次是：用热水洗净遗体血污；给遗体涂抹橄榄油；遗体若有伤口则在伤口处填上九年陈膏；把遗体抬上殡床并盖上衬袍、麻布或罩单。落葬方式不是直接土葬，而是将遗体火化后再收殓骸骨下葬。史诗从略到详描绘了三个火葬场景：双方士兵的集体火葬和垒坟、赫克托尔的葬礼和帕特罗克洛斯的葬礼。其中帕特罗克洛斯葬礼的规格之高、礼节之繁、器物之多，能让我们在某种程度上一窥古希腊氏族贵族甚至国王的葬礼细节，例如火葬堆是由士兵们砍伐的木柴堆成，长宽各百步；死者遗体由士兵们抬着行进，上面盖满了他们剪下的绺绺头发；遗体被放置在火葬堆顶后，人们宰杀了许多绵羊和角牛，取出油脂包裹遗体，将剩下的牲畜躯体、装满油脂蜂蜜的双耳瓶、四匹马、两只狗和十二个特洛亚士兵一起放在火葬堆中作为陪葬品；木柴堆焚烧一夜后，用葡萄酒浆熄灭余烬，将死者骸骨收进黄金罐，用双层脂肪封紧后葬入土墓中。落葬后还会举办竞技会来纪念死者，比赛项目包含驾战车、拳击、摔跤、赛跑、比武、掷铁饼、射箭和标枪。

（2）荣誉

特洛亚战争从本质上来说是一场荣誉之战，战争的起因是斯巴达国王墨涅拉俄斯的荣誉受损（妻子和王宫财富被掠），参战的古希腊

---

① 见《伊利亚特》16.658—670，18.346—353，24.587—588。

罗马时代的大理石石棺浮雕：赫克托尔遗体被送回特洛亚（公元180—200年）。现存法国卢浮宫

联军是为了挽回同盟氏族的荣誉（夺回海伦和财富），并获取新的荣誉（夺取新的战利品和地位），而《伊利亚特》的主题——阿喀琉斯的愤怒背后也是荣誉之争。被古希腊英雄们珍若生命的荣誉到底是什么呢？我们可以先来看一段《伊利亚特》中吕底亚国王萨尔佩冬激励战友格劳科斯参战的话：

> 格劳科斯啊，为什么吕底亚人那样用荣誉席位、头等肉肴和满斟的美酒敬重我们？为什么人们视我们如神明？我们在克珊托斯河畔还拥有那么大片的密布的果园、盛产小麦的肥沃土地。我们现在理应站在吕底亚人的最前列，坚定地投身于激烈的战斗，毫不畏惧，好让披甲的吕底亚人这样评论我们："虽然我们的首领享用肥腴的羊肉，啜饮上乘甜酒，但他们不无荣耀地统治着吕底亚国家；他们作战英勇，战斗时冲杀在吕底亚人的最前列。"朋友啊，倘若我们躲过了这场战斗，便可长生不死，还可永葆青春，那我自己也不会置身前厮杀，也不会派你投入能给人荣誉的战争；但现在死亡的巨大力量无处不在，谁也躲不开它，那就让我们上前吧，是我们给别人荣誉，或别人把它给我们。

从这段话我们能看出荣誉包含两个层面：物质层面上的财富和精神层面上的名声或社会地位。荣誉是衡量一个人在社会集体中的自我价值的标准，荣誉是由社会集体给予个人的，而个人也要为此承担相应的社会责任。在古希腊氏族社会，获取荣誉最直接的途径就是参加战争，夺得战利品和不朽的名声是战士们奋勇杀敌的最大动力。《伊利亚特》中，不论是阿开奥斯人还是特洛亚人都是为了这样一个相同的目的而作战,比如阿伽门农"不会睡觉或是畏缩后退不想同敌人作战,他一心热衷于那使人获得荣誉的战争",而赫克托尔也慨然宣称:"我的心也不容我逃避,我一向习惯于勇敢杀敌,同特洛亚人并肩打头阵,为父亲和我自己赢得莫大的荣誉。"

然而在战场上获取荣誉并不是那么容易,除去简陋的兵器和简单的战术,战士们唯一能倚靠的便是自己的勇气和武力。在《伊利亚特》中古希腊联军的英雄人物如阿喀琉斯、阿伽门农、墨涅拉俄斯、奥德修斯、大小埃阿斯、帕特罗克洛斯、狄奥墨得斯等和特洛亚人主将赫克托尔、萨尔佩冬、埃涅阿斯等都凭着过人的勇武各立战功,赢得了荣誉和名声。荣誉获取的阻碍则是勇气的反面——懦弱怯战,所以我们能看到赫克托尔谴责害怕躲闪的帕里斯,以及阿伽门农斥责惊慌退缩的弓箭手,能看到大埃阿斯用对懦弱的羞耻之心激励士兵:"朋友们,要做男子汉,心里要有羞耻感,激烈战斗时你们要有羞耻心,军人知羞耻,被杀的少,得救的多,逃跑者既得不到荣誉,也不会得救。"

荣誉又分为个人荣誉和集体荣誉。在《伊利亚特》中,英雄们除了争夺个人荣誉,也会捍卫战友以及集体的荣誉。帕特罗克洛斯便是为了阿喀琉斯和米尔弥冬人的荣誉出战,赫克托尔作为主帅和王子更是一直在为氏族和城邦的荣誉而战。史诗中有许多护卫已死战友遗体的场景,如萨尔佩冬临死前不忘呼唤战友来保卫他的遗体,因为如果他的铠甲被剥走、遗体被敌人拖去,那萨尔佩冬不仅自己丧失了荣誉,也将会永远成为他战友的"耻辱和污点";两军对帕特罗克洛斯遗体的争夺更是占据了整个第十七卷,特洛亚人希望夺得这个残杀了己方诸多士兵的敌军猛将遗体，以挽回全军的荣誉，而阿开奥斯人则希望夺回已被剥去铠甲的战友遗体，以捍卫其最后的尊严。

我们再回头来看阿伽门农与阿喀琉斯的荣誉之争，两人的争吵分歧其实也是权力与能力的冲突。他们一方是"人民的国王"和"士兵的牧者"，位高权重；一方是"阿开奥斯人的强大堡垒"，作战神勇，力量强大无人能及。阿伽门农不满自己的权威和地位被阿喀琉斯动摇和威胁，便傲慢无礼地夺去后者的女奴，而女奴不仅是阿喀琉斯凭借勇敢获得的战利品，更是他个人荣誉和自我价值的象征，因此阿伽门农夺去女奴就意味着侮辱了阿喀琉斯的尊严和荣誉。阿喀琉斯认为自己被当作一个"不受人尊重的流浪汉"和"该遭人蔑视的过路骗子"，然而他视荣誉等同于生命，甚至比生命更贵重，所以才会爆发如此强烈的愤怒，以至于他情愿忽视集体的利益，不顾众将士的死伤，也要用拒战来维护自己的个人荣誉。即便是劝和使团奉上丰厚的赔偿，阿喀琉斯依然没有改变想法，他将个人荣誉置于集体荣誉之上的行为让战友们感到痛心。所幸帕特罗克洛斯的战死激发了阿喀琉斯为好友复仇并恢复自己荣誉的欲望，也让他在生命和荣誉之间做出了最终的选择，走上了赢得真正不朽名声的正确道路。

（3）命运

另一个贯穿《伊利亚特》始终的主题便是命运（μοῖρα）。在原始社会，面对变幻莫测的自然环境和艰苦卓绝的生存竞争，诸多早期文明都发展出对"命运"或"天意"的认知和崇拜。很多先民乃至现代人认为命运与神明息息相关，是神明的旨意和安排。然而在《伊利亚特》中,命运除了是人类无法抗拒的存在,还凌驾于神明之上,超出神明的掌控,更接近于一种客观的天地运行之秩序。

"命运"一词 μοῖρα 源自古希腊语动词 μείρομαι(意为"分配分享""得到份额"),所以 μοῖρα 原意为分配给某人的份额,如食物或战利品,后引申为上天给人安排、分配的命运。《伊利亚特》中的命运多伴随着无法躲避的死亡,在许多描绘死亡的场景中出现了命运的身影,如"陷入命运的罗网""黑色的死亡和强大的命运降到他面前""紫色的死亡和强大的命运阖上了他的眼睛""死亡和命运追上了他"等。命运有时还化身为具象的神明"摩伊拉"(μοῖρα 音译)介入凡间,如阿伽门农称他与阿喀琉斯的争吵是因为宙斯、摩伊拉和复仇女神埃里倪斯"给他的思想灌进了可怕的迷乱"。《伊利亚特》中还提及摩伊拉在凡人出生时通过搓线来决定其一生命运,比如给阿喀琉斯设定了两种命运,给赫克托尔设定的命运则是"远离父母,落入强者的手里,被扔去喂狗吃"。但与其他拥有诸多尊号的神明相比,这位神秘的"摩伊拉"在《伊利亚特》中仅有名字而没有尊号,并不属于奥林波斯山的神明派系,也许是来自更古老的神话体系,后面渐渐演变成我们所熟知的命运三女神[①]。

命运对《伊利亚特》中的人类来说具有不可抗拒性。赫克托尔

---

① 在古希腊神话中,命运三女神通过纺织的丝线来决定所有人的命运:克洛托(Κλωθώ)负责纺织人的命运线,拉克希思(Λάχεσις)通过丈量纺线的长度来分配命运,阿特萝波丝(Άτροπος)则负责用剪刀剪断已裁定好的命运线。

话别妻子时说道:"谁也不能违反命运女神的安排,把我提前杀死,送到冥土哈得斯。人一生下来,不论是懦夫还是勇士,我认为,都逃不过他注定的命运。"帕特罗克洛斯没有听从阿喀琉斯让他不要追击敌军的嘱托,还违背命运安排攻打特洛亚城墙,直到死亡降临他才领悟:"是残酷的命运和勒托之子杀害了我。"即便是力量强大主宰万物的神明,也只能暂时延缓命运的安排,却不能将之彻底改变,比如宙斯曾在战场救过受伤的儿子萨尔佩冬,"使他暂时免遭死亡",然而在萨尔佩冬与帕特罗克洛斯搏杀时,宙斯明知"命定我最亲近的萨尔佩冬将被帕特罗克洛斯杀死",心中犹豫又想要救出儿子,但天后赫拉的诘问("一个早就注定要死的凡人,你却想要让他免除悲惨的死亡?")表明了命运的不可违抗,让宙斯最后打消了念头。同样的情形也出现在赫克托尔身上,他数次被阿波罗神救出危局,在被阿喀琉斯追杀之时,宙斯对他又心生怜悯,而雅典娜也说出了与之前赫拉所说的类似的话:"一个要死的凡人命运早作限定,难道你想让他免除可怕的死亡?"从这两次神明和命运的冲突可以看出,面对无情的命运之力,神明也无可奈何,只能顺从。

不过神明能预知命运,宙斯预告了帕特罗克洛斯的必死命运:"那一天阿丌奥斯人将在船尾围绕着死去的帕特罗克洛斯,在可畏的困苦中作战,那是预先注定。"同样他在第十五卷中也早早揭示了他的儿子萨尔佩冬以及赫克托尔的死亡命运。命运也通过神明的活动展现出来,例如天神宙斯两次架设"天平"来了解命运的倾向。第一次在伊达山上"神和人的父亲平衡一架黄金的天平,在秤盘上放上两个悲伤的死亡命运，分属驯马的特洛亚人和披铜甲的阿开奥斯人，他提起秤杆，阿开奥斯人的注定的日子往下沉。阿开奥斯人的命运降到养育人的大地上，特洛亚人的命运升到辽阔的天空"。根据命运的提示，他决定继续给予特洛亚人力量，让阿开奥斯人暂时退败。第二次是对阿喀琉斯和赫克托尔的命运进行裁决，"天父提起秤杆中央，赫克托尔的一侧下倾，滑向哈得斯"，赫克托尔的死亡命运由此昭显，因而阿波罗只能立即把赫克托尔抛下，任他迎接死亡的到来。

神明还是命运的维护者，当出现违背命运的行为时神明会进行干预，使事情回到正常的运行轨道。例如阿波罗阻挡了帕特罗克洛斯对特洛亚城墙发起的三次冲击，并劝退了后者的第四次冲锋："尊贵的特洛亚城未注定毁于你的枪下，阿喀琉斯也不行，尽管他远比你强大。"阿喀琉斯重上战场，率领军队将特洛亚人打得落荒而逃，阿波罗"担心阿开奥斯人会违背命运，当天就把光辉的城市围墙摧毁"，便使计将阿喀琉斯诱离军队，保存了特洛亚人的实力。此外，波塞冬也在埃涅阿斯快被阿喀琉斯杀死时出手相救，因为"命运注定他今天应该躲开死亡，使达尔达诺斯氏族不至于断绝后嗣……普里阿莫斯氏族已经失宠于宙斯，伟大的埃涅阿斯从此将统治特洛亚人，由他未来出生的子子孙孙继承"。

面对命运的无常强大和不可抗拒，荷马在《伊利亚特》中着力刻画的英雄人物们又是如何应对的呢？赫克托尔在第六卷中与妻子话别时，便已知晓未来必然会面临城池陷落与亲朋丧命，但他仍旧愿意为了荣誉、为了家乡战斗至死。在后面的交战中宙斯与阿波罗的屡屡相助,让他一度以为命运可能会有所改变,因此当帕特罗克洛斯预告赫克托尔最终会被阿喀琉斯杀死时,赫克托尔还乐观反驳道:"谁能说美发的忒提斯之子阿喀琉斯不会首先在我的长枪下放弃生命?"等到他与阿喀琉斯正面对决而神明已不再支持他时,赫克托尔才明白命运的真正安排:"死亡已距离不远,我无法逃脱。"但此时的赫克托尔并没有投降求饶或是自我解脱,而是决定勇敢迎接死亡的命运,并要"大杀一场,给后代留下英名"。另一位核心人物阿喀琉斯作为女神的儿子,他早早知道自己的两种命运,而且还拥有其他凡人所没有的选择命运的权利。他决定参加远征,便意味着他已经放弃了碌碌无为、寿终正寝的命运。然而在他负气退战又得不到阿伽门农的真诚道歉时,他以率军返乡做要挟,又再次摇摆在两种命运之间,直到密友帕特罗克洛斯战死,他才真正坚定了信念,明确选择短暂而光荣的一生。选择做出后,阿喀琉斯对命运有了更加深入透彻的理解,因而他能在赫克托尔预告他的死亡时淡定坦然地答道:"我的死亡我会接受,无论宙斯和众神何时让它实现。"

荷马在《伊利亚特》中强调了命运的客观存在和不可违抗,而且命运带来的死亡对每个人都是公平的。和永生的神明相比,《伊利亚特》中的英雄人物们考虑的是如何正视注定走向死亡的命运,如何在短暂的一生中凭借勇敢争夺荣誉,让自己流芳百世。荷马赞扬了这种对命运的理性思考和对人生的勇敢抉择,用它们丰富了悲剧性英雄人物们的形象,深化了《伊利亚特》的思想内涵。

《伊利亚特》的叙事结构：三分法与环形结构

荷马史诗两部作品的一大特色便是篇幅宏大、内容广阔，但构思精美绝伦。荷马既没有将十年特洛亚战争的历史事件平铺直叙，也没有将所有的人物故事编排成冗长繁杂的叙事诗歌。他运用高超的谋篇布局才能，将所有情节冲突集中到了战争第 10 年的 51 天中，成就了我们现在看到的《伊利亚特》。《伊利亚特》的主题简单明确，围绕着核心人物阿喀琉斯的两次愤怒展开叙述，由愤怒的起因开头，至愤怒的平息结尾。亚里士多德在《诗学》中盛赞荷马高明的叙事构思：

> 他没有企图把战争整个写出来，尽管它有始有终。因为那样一来，故事就会太长，不能一览而尽；即使长度可以控制，但细节繁多，故事就会趋于复杂。荷马却只选择其中一部分，而把许多别的部分作为穿插，例如船名表和其他穿插，点缀在诗中。①

然而即便《伊利亚特》的故事情节集中于 51 天，荷马着墨讲述的实际上是 15 个白天和 5 个晚上，间隔的时间多用"天神一连九天把箭矢射向军队""到了第十二次曙光照临的时候""在第十次曙光呈现，照临众生时"等这类简单的表达稍稍提及。根据下面这张事件时间表（表 2-1）及对应的章节，我们很容易能看出，荷马更是将绝

---

① 亚里士多德：《诗学》1459a，译文摘自《罗念生全集》第一卷，上海人民出版社，2004 年，第 96 页。

大部分的篇幅用来详细描绘第 22 天、第 25 天、第 26 天和第 27 天的战斗场景。

表 2-1 《伊利亚特》主要事件时间表[①]

时间	主要事件	卷数：行
第 1 天	序曲	卷 1:1—11
	克律塞斯赎女请求被拒，向阿波罗祈祷报复阿开奥斯人，愤怒的阿波罗通过射箭给古希腊联军降下瘟疫。	卷 1:12—53
第 1—9 天	阿波罗一连九天降下瘟疫。	卷 1:54
第 10 天	阿开奥斯人大会，阿伽门农与阿喀琉斯争吵决裂；阿喀琉斯的女奴被夺走，他与母亲忒提斯碰面并提出请求。克律塞斯的女儿被阿开奥斯人的使节送还。	卷 1:55—477
第 11 天	使节归营。阿喀琉斯满腔愤怒。	卷 1:478—493
第 10—21 天	奥林波斯山诸神在埃塞俄比亚人的国度参加宴会。	
第 21 天	忒提斯的恳求和宙斯的承诺，宙斯与赫拉交锋，诸神宴饮。	卷 1:494—612
	宙斯派梦神给阿伽门农托梦，让其派兵攻城。	卷 2:1—47
第 22 天（战争第一天）	阿开奥斯人全营大会，两军准备战斗，双方舰舶名录。	卷 2:48—877
	两军盟誓，墨涅拉俄斯与帕里斯决斗，海伦上城墙观战。	卷 3
	潘达罗斯射伤墨涅拉俄斯，破坏停战协定，两军开战。	卷 4
	狄奥墨得斯大显神勇，刺伤美神和战神，神明撤出战场。	卷 5
	赫克托尔回城，话别妻子，与帕里斯共返战场。	卷 6
	大埃阿斯与赫克托尔决斗，第一天战争结束，两军分别集会。	卷 7:1—380
第 23 天	休战，两军安葬死者。	卷 7:381—432
第 24 天	阿开奥斯人垒墙挖沟修建防御工事。	卷 7:433—482
第 25 天（战争第二天）	宙斯禁止其他神明参战，亲自坐镇伊达山观战，帮助特洛亚人猛烈反攻阿开奥斯人。入夜，特洛亚军队在平原扎营。	卷 8
	阿开奥斯人境况危急，阿伽门农向阿喀琉斯求和遭拒。	卷 9
	奥德修斯和狄奥墨得斯夜探敌营，带回情报和战马。	卷 10

[①] 由笔者选译自 Ζωή Σπανάκου. Ομηρικά Έπη: Ιλιάδα. Οργανισμός Εκδόσεως Διδακτικών Βιβλίων, Αθήνα, 2006, σελ.12-15.

续表

时间	主要事件	卷数：行
第26天（战争第三天）	两军激战，古希腊联军首领们受伤撤退。阿喀琉斯派帕特罗克洛斯探听情况，涅斯托尔提议帕特罗克洛斯代战。	卷11
	特洛亚人冲破阿开奥斯人城墙，阿开奥斯人退守海边。	卷12
	阿开奥斯人在战船边与特洛亚人苦战。	卷13
	赫拉诱骗宙斯入睡，波塞冬帮阿开奥斯人将敌人赶出城墙。	卷14
	宙斯醒来，令阿波罗助特洛亚人再攻至海边并威胁烧船。	卷15
	阿开奥斯人战船被烧，帕特罗克洛斯说服阿喀琉斯并代为率军出战，勇猛杀敌逼退敌军，最后被赫克托尔杀死。	卷16
	墨涅拉俄斯等率军与敌鏖战，夺回帕特罗克洛斯的遗体。	卷17
	阿喀琉斯得知好友死讯，决意复仇，现身城墙吓退特洛亚人。当夜阿喀琉斯母亲请火神为儿子制作了新铠甲。	卷18
第27天（战争第四天）	阿喀琉斯与阿伽门农和解，穿上新铠甲准备出战复仇。	卷19
	宙斯允许诸神参战，阿喀琉斯大开杀戒，特洛亚人溃逃。	卷20
	阿喀琉斯大战河神，参战的众神混战，特洛亚人逃回都城。	卷21
	阿喀琉斯杀死赫克托尔并凌辱对方遗体，特洛亚众人悲恸。	卷22
	帕特罗克洛斯的举哀仪式和丧礼晚宴，夜晚阿喀琉斯在梦中见到帕特罗克洛斯。	卷23:1—109
第28天	火葬帕特罗克洛斯。	卷23:110—226
第29天	帕特罗克洛斯骸骨落葬和葬礼竞技会。	卷23:227—897
	阿喀琉斯再次折辱赫克托尔遗体。	卷24:1—21
第30—40天	阿喀琉斯继续折辱赫克托尔遗体，众神心生怜悯。	卷24:22—30
第41天	众神集会，宙斯派神使告知普里阿摩斯可赎回儿子遗体。	卷24:31—187
	普里阿摩斯准备赎礼，夜见阿喀琉斯，恳求赎回儿子遗体，阿喀琉斯应允第二天送还遗体并安排老国王吃饭休息。	卷24:188—677
第42—50天	赫克托尔遗体被运回，哀悼会，9天搭建火葬堆。	卷24:678—785
第51天	赫克托尔的葬礼和筵席。	卷24:786—805

研究者们对《伊利亚特》叙事结构的分析有两大方向：三分法理

古希腊陶瓶画：阿喀琉斯拖拽赫克托尔遗体（公元前 500—前 475 年）。现存于法国卢浮宫

论和环形结构理论。

三分法理论基于亚里士多德的史诗情节结构理论,即"环绕一个整一的行动,有头、有身、有尾"[①]。不过针对《伊利亚特》24卷内容的划分尚未有定论。第一类分法将第一卷至第九卷划为第一部分,第十卷到第十九卷划为第二部分,剩下五卷为第三部分。以阿喀琉斯因怒退战的第一卷为序曲,第一部分中两军由拉锯战转向古希腊联军败退陷入危局,第九卷战争场面暂停,由阿伽门农派人向阿喀琉斯求和被拒,战争还得继续,故事情节很自然地过渡到第二部分;第二部分主要聚焦战斗的第三天,漫长的一天中,特洛亚军队在神明的帮助下势如破竹,阿开奥斯人几乎要被打败,直到帕特罗克洛斯代阿喀琉斯出战力挽狂澜,掀起小高潮,之后帕特罗克洛斯被赫克托尔杀死,引发阿喀琉斯的第二次愤怒,后者决定再次出战为友复仇,至此《伊利亚特》的故事情节达到了最高潮;第十九卷阿喀琉斯主动与阿伽门农和解,既呼应了第一部分最后的第九卷(阿伽门农求和被拒),又为第三部分阿喀琉斯重回战场做了铺垫;第三部分阿喀琉斯的赫赫战功、赫克托尔的被杀和帕特罗克洛斯的葬礼则是史诗"愤怒"主题达到高潮后的余韵,结尾恰到好处。

第二类分法与第一类差别不大,以第一卷到第九卷为第一部分,第十卷作为独立章节单列出来,因为里面描述的古希腊联军两位英雄

[①] 亚里士多德:《诗学》1459a,译文摘自《罗念生全集》第一卷,上海人民出版社,2004,第96页。

夜探军营和上下文的内容没有直接关联；第二部分为第十一卷到第十八卷，第三部分则以阿喀琉斯拿到新铠甲、与阿伽门农和解后整军出战的第十九卷开始，至第二十四卷结束。

还有一类分法较为特别，第一卷为全诗序曲，第二卷到第八卷为第一部分，第九卷到第十五卷为第二部分，帕特罗克洛斯代战身亡的第十六卷至阿喀琉斯复仇成功的第二十二卷为故事情节的第三部分，最后讲述帕特罗克洛斯葬礼的第二十三卷和普里阿摩斯赎回儿子遗体的第二十四卷被看作全诗故事的"尾声"。[1]这一类划分法明确了《伊利亚特》情节结构的起、承、转、合，而且凸显了开头与结尾的对比，由阿喀琉斯愤怒的激发到最后愤怒的平息，构成了一个头尾完整、情节丰满的故事。

环形结构是指相同或相似的主题、情节甚至语句在史诗的开头和末尾以 A-B-C-B-A 的形式重复，呈现对称的几何结构。随着研究的深入，学者们发现大到《伊利亚特》整体、小到每一卷甚至卷内的几段诗行都存着这样的环形对称结构，大环套小环，环环相扣，形成了类似洋葱圈的层层回环。研究环形结构理论的代表人物是美国古典文学专家塞德里克·惠特曼（Cedric Whitman），他在其著作《荷马和英雄传统》（*Homer and the Heroic Tradition*，1958）中深化了这一理论，对荷马史诗全篇中出现的几组对称结构进行了详细的分析，此后环形

---

[1] 荷马.伊利亚特.陈中梅译.译林出版社：南京，2012，第 32 页。

结构理论逐渐成为研究荷马史诗叙事结构的主流方向。下面我们来介绍《伊利亚特》中的一些环形结构。

首先,从全诗时间安排来看,《伊利亚特》讲述的是特洛亚战争最后一年里 51 天内发生的故事,正如前面所提到的,这 51 天不是平铺直叙而是详略有别。如果将 51 天分为前半部分与后半部分,我们会发现主要事件的持续天数具有一个共同的规律(如表 2-2[①]所示),不过呈现出明显的倒转对称,使得全诗本身构成了一个最大的环形结构。

表 2-2 主要事件的持续天数

时间/情节	持续天数		时间/情节
第 1 天祭司请求赎女	1	1	第 51 天赫克托尔葬礼
第 1—9 天阿波罗降瘟疫	9	9	第 42—50 天哀悼和葬礼准备
第 10 天争吵和愤怒	1	1	第 41 天普里阿摩斯请求赎子
第 10—21 天诸神外出赴宴	12	12	第 29—40 天阿喀琉斯折辱敌人遗体
第 22 天大战第一天	1	1	第 29 天帕特罗克洛斯葬礼竞技会
第 23 天休战安葬死者	1	1	第 28 天火葬帕特罗克洛斯
第 24 天挖沟垒墙	1	1	第 27 天大战第四天
第 25 天大战第二天	1	1	第 26 天大战第三天

其次,具体到故事情节,从头尾向中间顺推,第一卷与第二十四卷、第二卷和第二十三卷、第八卷与第十七卷、第九卷与第十六卷两两相互呼应,相互对称。此外,第三卷到第七卷组成中环,与第十八卷到第二十二卷组成的中环相互对称,而第三卷到第七卷组成的中环

[①] 本图表及后续图表的制作和分析基于塞德里克·惠特曼的研究论述(C.H.Whitman. *Homer and the Heroic Tradition*. Harvard University Press: Cambridge, 1958, p.249-284)。

里面还套着小环，即第三、四卷与第六、七卷互相呼应。拿第一卷和第二十四卷举例，塞德里克·惠特曼将两卷的主要场景制成了下图，可以明显看出环形对称的结构。值得注意的是第一卷中阿喀琉斯的愤怒和阿伽门农傲慢抢夺女奴与第二十四卷中阿喀琉斯的和解及大方归还赫克托尔遗体形成了有趣的反比。

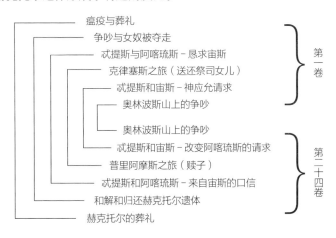

单独的一卷也能自成环形，例如讲述特洛亚人勇猛反攻阿开奥斯人的第八卷和阿伽门农向阿喀琉斯求和的第九卷。在第八卷中开头与

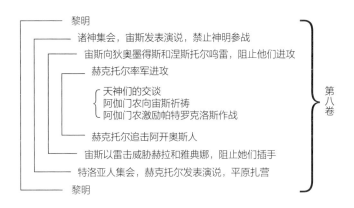

结尾的时间节点对照呼应，持续了一整天的两军战斗以及神明在此期间的表现都对称相似，而第九卷的叙事结构也完美呈现出环形对称的规律。

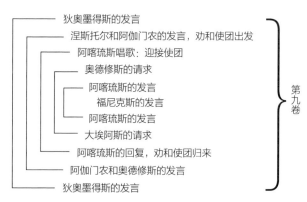

全诗中很多诗句段落也构成了一个个小环，比如第十四卷中阿开奥斯人被特洛亚人追击到了海边，在海船边苦苦抵抗，而此时阿伽门农心生退意想要逃跑，奥德修斯对他进行指责的这段话中就隐藏着几何对称结构，形成了一个嵌套在故事情节中的小环。

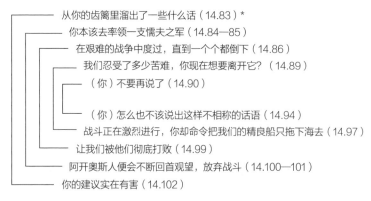

＊：第一个数字表示卷数，第二个数字表示诗行行数。

《伊利亚特》中的环形结构类型多样，交错复杂。这种叙事结构不光出现在荷马史诗中，还出现在其他的口传叙事诗歌中。同一时期的古希腊陶瓶画中也出现了这样的艺术风格，即各类对称的几何图形和回字形。对几何对称美感的追求如何影响了口传诗歌和绘画艺术，这些尚不明确。不过环形结构对口传诗歌的记忆、吟诵和表演所起的作用毋庸置疑。《伊利亚特》共 15693 行，诵读全部诗句无疑需要表演者们超凡的记忆力，而史诗的环形叙事结构则能帮助他们提高背诵效率和准确度。对称出现的主题、场景或内容既能使表演者们更轻松地记住史诗脉络和故事情节，也可以让听众在重复中加深对故事内容和人物角色的理解，从而在整体上增强史诗吟诵的表演效果。

语言特色：程式化语言与荷马式比喻

荷马史诗使用的语言不属于任何一种古希腊语方言，以爱奥尼亚（Ionic）方言为主体，混合了从迈锡尼文明时期至公元前 8 世纪多个地区的方言词汇。有学者（如米尔曼·帕里）因此提出荷马史诗的语言是一种专门用于口头史诗创作的人造语言，是由历代口诵诗人不断传承完善而形成的史诗语言。这种语言简洁有力、朴实流畅，采用六音步长短短格的诗体（也称英雄体）。音步是诗歌韵律的基本单位，一个音步通常由两到四个音节构成，而音节的发音有长音和短音。因此荷马史诗的每行诗句由六个音步构成，前五个音步都是一个长音加两个短音，最后一个音步是一个长音加一个短音，这样的发音节奏自然赋予荷马史诗优美的韵律感。

如果大家尝试诵读荷马史诗，会很容易地发现一些重复使用的词组或句子，发现荷马史诗的诗句似乎遵循一个固定的表述模式。很多学者也注意到了这点并做了深入研究，提出了程式化用语的概念。《伊利亚特》中这样固定的程式化用语既包括单词、词组，也包括句子、段落，甚至是完整的场景描述。它们由小到大，由简到繁，灵活多变，经由荷马的妙口，垒筑起一部皇皇巨著。下面笔者将对各类程式化用语做简单介绍和分析。

在《伊利亚特》中我们随处可见放在人名前的各类固定修饰词，如"珀琉斯之子/捷足的阿喀琉斯""足智多谋的/意志坚强的/心高志大的奥德修斯""阿特柔斯之子/人民的国王/权力广泛的阿伽门农""金发的/善吼的/英勇的/尚武的墨涅拉俄斯""头盔闪亮的/身披铜甲的/驯马的赫克托尔""美发的/白臂的海伦""鸣雷闪电的/集云的/提大盾的宙斯""牛眼睛的/敢言敢语的/白臂女神赫拉""目光炯炯的/赏赐战利品的雅典娜""长头发的/胫甲坚固的阿开奥斯人"等等。史诗中的主要英雄和神明都有十几个甚至几十个修饰词，荷马灵活地选用它们以满足每行诗句对音步的要求。其中"神样的"这个修饰词出现频率最高，适用的人物角色最多。这些程式化修饰词极大地丰富了语言，既突出了人物的个性或外貌特征，又能帮助听众轻松记忆和分辨不同的角色。

除了人名，还有修饰地点、物体或景物的固定用词，组成了在诗句中重复出现的程式化短语，如"神圣的伊利昂""甜蜜的美酒""有长影的枪杆""紫色的波浪""有翼飞翔的话语""酒色的大海"等。此外还有一些程式化句子被反复运用,如表示白天来临的"当初升的玫瑰色手指的黎明呈现时"和"在第十/十二次曙光照临众生时",以及描绘战死情形的"黑暗把他吞没/黑暗蒙上他的眼睛""死亡的黑云笼罩了他的身体/死亡把他包裹起来"和"黑色的死亡和强大的命运迅速阖上了他的眼睛"。

第四类程式化用语是重复出现的相同段落,一般为话语的转述,如赫克托尔向母亲转述鸟卜师提出的向雅典娜神献祭的请求、神使向赫拉和雅典娜转述宙斯的传话、奥德修斯向阿喀琉斯转述阿伽门农为了和解而给出的赔礼、忒提斯向阿喀琉斯转述宙斯要求他归还赫克托尔遗体的意旨,等等。对这些相同段落的重复既能加深听众的印象,也在一定程度上减轻了吟诵诗人们的记忆负担,因此这也许成了古希腊口传诗歌的编制习惯。

最后一类是重复出现的程式化场景描述,《伊利亚特》里这类描述的诗句同中有异,保持相同框架的同时又各有不同细节,比如描述向神明焚烧祭品和众人餐食的用品和步骤[①]、描述对死者遗体的清理方式(洗净、抹油、盖上衬袍罩单)[②]、描述英雄们(帕里斯、阿伽门农、帕特罗克洛斯、阿喀琉斯)上战场前穿戴铠甲的过程[③]等。荷马会根

[①] 见《伊利亚特》1.447—474, 7.314—320, 9.206—221, 24.621—627。
[②] 见《伊利亚特》16.658—670, 18.346—353, 24.587—588。
[③] 见《伊利亚特》3.330—338, 11.17—44, 16.131—139, 19.369—392。

据所涉及的人物，将固定的场景进行灵活改动，以营造不同的氛围和塑造不同的人物形象。例如《伊利亚特》中有三处火葬场景：对士兵的集体火葬和垒坟描述得最为简略；对帕特罗克洛斯的葬礼则用大篇幅详尽描述各类细节，通过阿喀琉斯等众人的表现来烘托葬礼隆重又哀伤的气氛，间接彰显了帕特罗克洛斯在阿开奥斯人中的重要地位；对赫克托尔的葬礼描述简单许多，只添加了三个细节（九天搜集木材建火葬堆、黄金的骨坛以及坟墓建好后马上四处放哨以防攻击）来凸显特洛亚人对赫克托尔的尊重。

同样的例子还有五处士兵求饶的场景，在每个场景中对战落败一方都提出了丰厚赎金来乞求饶命。虽然他们最终都丢掉了性命，但杀害他们的主角的态度和反应各有不同，展现出了不同的性格特征。墨涅拉俄斯面对俘虏的恳求动了恻隐之心，打算饶对方性命以换取赎金，体现了他心软的一面，后来是阿伽门农跑来斥责他，并帮他杀了俘虏。而当阿伽门农自己面对战俘求饶时，他冷硬拒绝，毫不犹豫砍掉对方的胳膊和脑袋，让对方的头像块溜圆的石头在人群中滚动，凸显出他的残暴无情。奥德修斯夜探敌营时抓获了敌军的探子多隆，在对方求饶时安慰他"安静些，不要满怀恐惧想到死"，哄骗他说出情报信息，最后多隆被狄奥墨得斯所杀，而奥德修斯凭借狡诈既达到了目的，又保住了名声。阿喀琉斯在好友被杀之前对待特洛亚俘虏比较宽容，要么发卖他们，要么换取赎金，然而在决心为友复仇后，他的态度变了，他内心真正的暴烈顽倔被激发出来。他面对特罗斯的哀求，挥剑直刺对方，面对曾经由他发卖过的吕卡昂不再心软，一剑将其斩杀，还嘲弄道:"杀死了帕特罗克洛斯,你们该偿付血债,你们都该暴死。"

《伊利亚特》另一个突出的语言特色是诸多比喻,尤其是明喻的精彩运用。这部史诗中明喻出现了两百次左右,尤其集中在第十一、十二、十五至十七、二十一、二十二卷。[1]有些明喻比较简短,如"像神明""像风暴""像狗见了狮子""狂勇如狼"等,但大多数明喻语言华丽、气势恢宏,长达数行甚至十行。它们既让诗句的篇幅扩大,又为情节注入了生动的活力,像一颗颗珍珠点缀其间。有些多行次的明喻拥有独立完整的叙事结构,极富特色,甚至后世被称作"荷马式比喻"。

对交战双方的军容,在第二卷中荷马连用三个恢宏的明喻("毁灭万物的火焰""无法胜数的群群飞禽""集聚纷飞的苍蝇")洋洋洒洒地描绘了古希腊联军的昂扬气势和浩大阵容,也把备战的特洛亚人比作"凌空鸣叫的白鹤"。军队进攻时有如"海浪在西方的推动下一个接一个地冲击那回响的沙滩,发出巨大嘶吼声",或如"山崖上浑圆的巨石被流水冲下崖壁,蹦跳下滚,林木颤动,震声回荡";溃败时则如"湍急的山洪将无数岗峦横切割开,从山头直泻而下,奔向浑浊的大海,喧嚣着沿途把农人的劳作完全毁坏",或如"蝗群在野火的威胁下振翅飞起逃向河边,火势突然猛烈蔓延,惊慌失措的蝗虫纷纷掉进水里"。

---

[1] 荷马.伊利亚特.陈中梅译.南京:译林出版社,2012,第37页。

对于精彩的战斗场景，最具代表性的是第十七卷结尾处，荷马用多个明喻来生动描绘阿开奥斯人奋力搏杀，艰难夺回帕特罗克洛斯遗体的场景：用"狂奔的猎狗追击受伤的野猪，当野猪自信地转身冲向它们时，又立即惊恐地后退逃窜"来形容阿开奥斯人被特洛亚人紧紧追击的危急情形；用"两头强壮的骡子把巨大木料拖下山，急匆匆直拖得筋疲力尽、汗流浃背"来描绘两位勇士将帕特罗克洛斯遗体运回的艰难；用"山峦横贯平原挡住湍湍洪水"来形象刻画大小埃阿斯阻击特洛亚追兵的奋勇；用"有如一群寒鸦看见老鹰远远飞来而惶惶惊叫逃走"来比喻丧失斗志、溃散四逃的阿开奥斯士兵。

对于英勇的战士，荷马多将他们比作狮子、豹子、野猪、狼等猛兽：

阿喀琉斯 – 狮子

珀琉斯之子冲出来迎战，有如一头雄狮，起初它径自行走蔑视农人，后来有位勇敢的青年投了它一枪，它才弓起身张开大口，牙齿间泛出白沫，雄心在胸中沸腾，强健的尾巴来回拍打后腿和两肋，激励自己去和围攻的农人抗争。它双目火光闪烁，纵身向前跃起，或是杀死农人，或是自己丧身。（20.164—173）

阿伽门农 – 狮子

有如牛群暗夜里被袭来的狮子追赶，突然的死亡降临到其中一头的身上，狮子捉住它，先用尖齿扯断脖子，然后贪婪地吮吸血液，吞食内脏；阿特柔斯之子阿伽门农也这样追击，不断扑杀跑在最后面的特洛亚人。（11.173—178）

赫克托尔 – 野兽

有如一头野猪或狮子被猎人和猎狗包围，野兽勇猛地冲突，自恃力强，猎人和猎狗互相挨近，对抗野兽，一堵墙似的把野兽围住，密集地投射出无数锐利的枪矢，野兽却无所畏惧，不惊慌也不逃跑——勇敢害了自己，它到处试探，不断向人们发起冲击，它冲击哪里，那里的人们便得退避。赫克托尔也这样在人群中前后奔突，不断激励他的同伴们越过壕沟。（12.41—50）

米尔弥冬人 - 狼

有如一群性情凶猛的食肉恶狼，它们在山中捕得一头高大的长角鹿，把猎物撕扯吞噬，嘴角鲜血滴淌，然后成群结伙前去灰暗的泉边，用狭长的舌头舔吮灰暗泉流的水面，不断向外喷溢扑杀的野兽的鲜血，胸中无所畏惧，个个把肚皮填满。米尔弥冬人的首领和君主们当时也这样。（16.157—165）

对人物心理状态的描绘：

墨涅拉俄斯 - 喜悦、急迫

有如一头狮子在迫于饥饿的时候，遇见野山羊或长角的花斑鹿，心里喜悦，它贪婪地把它吞食，尽管有健跑的猎狗和强壮的青年一起追来，要把它赶走。墨涅拉俄斯看见神样的阿勒珊德罗斯，他心里就是这样喜悦。（3.23—28）

帕里斯 - 害怕

有如一个人在山谷中间遇见蟒蛇，他往后退，手脚颤抖，脸面发白，再往后跳，神样的阿勒珊德罗斯也这样害怕阿特柔斯的儿子。（3.33—36）

赫克托尔 - 孤注一掷

有如一条长蛇在洞穴等待路人，那蛇吞吃了毒草，心中郁积疯狂，蜷曲着盘踞洞口，眼睛射出凶光；赫克托尔也这样心情激越、不愿退缩。（22.93—96）

大埃阿斯 – 不甘、失望

有如一群农人和他们健跑的猎狗奋力把一头褐色的狮子从牛栏前敢走,通宵达旦在牛栏边警觉地守卫,不让狮子近前,狮子贪图牛肉,不断向前猛扑,但始终一无所获;人们勇敢地投来密集的矢石火把,狮子感到恐惧,压抑难忍的贪欲,黎明前悄然离去,心头充满失望;大埃阿斯也这样不情愿地在特洛亚人面前退却,心怀失望。(11.548—556)

还有一些长明喻将类比的对象转到了自然场景和日常生活之中,将单调或惨烈的战斗场面拉至另一片天地,让我们得以窥见古希腊人劳作和生活的掠影。它们自成一个个独立的小场景,却与主体结构完美契合。对日常生活的描述可以让普通民众更好地理解并融入故事情节中,以下是一些精彩的示例:

场景	诗句
林火	有如肆虐的烈火进攻茂密的丛林,猛烈的旋风刮得烈火在林间席卷,丛丛树木在烈焰的进攻下连根倒下,溃逃的特洛亚人的脑袋当时也这样在阿特柔斯之子阿伽门农的手下纷纷落地。(11.155—159)
风暴	有如泽费罗斯掀起强烈的风暴,驱散强劲的南风布下的霏霏云翳,如同海上滚滚的波涛奔腾咆哮,在疾风的呼啸中无数飞沫溅空,赫克托尔杀得敌人的脑袋也这样飞溅。(11.305—309)
打谷	有如风在扬谷的农夫的神圣的打谷场上,在金发的得墨特尔女神速吹的风中把谷粒和外壳分开的时候,吹落糠壳,成堆的糠壳发白,阿开奥斯人也是这样在落下的灰尘中发白,那是马的蹄子在战斗接触,御者转动车子时,在战士丛中把它们踢到古铜颜色的空中。(5.499—505)
脱粒	有如一个农夫驾着宽额公牛,在平整的谷场上给雪白的大麦脱粒,麦粒迅速被哞叫的公牛用蹄踩下,高傲的阿喀琉斯的那两匹单蹄马也这样不断踩踏横躺的尸体和盾牌。(20.495—499)

调牛乳	派埃昂敷上解痛的药膏……有如无花果浆使白色的牛乳很快变稠，一经搅动，便凝结成块，派埃昂也这样很快治愈了阿瑞斯的创伤。（5.900—904）
割禾	有如两队割禾人互相相向而进，在一家富人的小麦地或大麦地里奋力割禾，一束束禾秆毗连倒地，特洛亚人和阿开奥斯人当时也这样临面冲杀到一起，没有人转念逃逸。（11.67—71）
农民争地界	有如两个农人为地界发生争执，他们手握丈杆站在公共地段，相距咫尺地争吵着争取相等的一份，交战双方也这样只有雉堞相隔，他们不断越过雉堞相互攻击。（12.421—425）
羊毛女工	犹如一名诚实的女工平衡天平，把砝码和羊毛放到两边仔细称量，好为亲爱的孩子们挣得微薄的收入，那场激烈的战斗也这样胜负难分。（12.433—436）
制革	有如一个制革人把一张浸透油脂的宽大牛皮交给自己的帮工们拉伸，帮工们围成圆圈抓住牛皮拉拽，直到水分挤出、油脂全部吸入，牛皮完全抻开，每部分完全拉紧。当时双方也这样在狭窄的地面把尸体拖来拖去。（17.389—395）

艺术风格：锁闭式叙事结构与"外显化"特色

在荷马史诗出现之前，已有关于特洛亚战争的英雄诗歌流传，当时的民众应该对故事内容多多少少有些了解，因此当他们聆听荷马的作品时，更关心的应该是情节的具体发展过程和主角们的详细遭遇。也许基于这一点，荷马没有将《伊利亚特》的故事情节完全按时间线展开，而是运用高超的谋篇布局的才能，将十年的特洛亚战争浓缩在51天之中，而对于这51天中的故事又进一步去粗取精，着力刻画4天的战争场面。《伊利亚特》中既有紧凑集中的情节内容，又有生动细致的场景描写，荷马灵活运用巧妙的艺术手法，塑造了一个个性格鲜明的英雄和神明角色，展现了一个人神共存、追逐荣誉的古代世界。

在叙事技巧方面，《伊利亚特》紧紧围绕一个主题展开，即核心人物阿喀琉斯的愤怒。荷马通过叙述他的三次愤怒来不断推动情节进展，同时在叙述过程中巧妙地设置悬念或是预告，吸引听众的注意力。例如史诗的开头便是一个悬念，点明了阿喀琉斯的愤怒，预告了阿喀琉斯和阿伽门农的争吵分歧以及古希腊联军将为此付出的生命代价，以此让听众关注后续的情节。史诗中这类悬念和预告还涉及特洛亚都城的最终结局和英雄们的死亡命运。伊利昂城终将被攻陷，这个结局在奥林波斯神明的谈话中被屡屡提及，甚至赫克托尔自己也谈道："我的心和灵魂清楚知道，有朝一日，神圣的特洛亚将要灭亡。"同时第十二卷开头在特洛亚人进攻阿开奥斯人在海边修建的木城墙之前，插入了一段关于这些木城墙后续命运的倒叙，其中更是直接点明特洛亚都城"在第十个年头被摧毁"。对于重要人物帕特罗克洛斯的死亡，他在第十一卷首次出场时荷马就预告："（他）应声出营，就这样开始了他的不幸。"接着在他向阿喀琉斯请战时荷马再次预告："他正在为自己请求黑暗的死亡。"宙斯也两次宣告了他被赫克托尔杀死的命运。与此同时，帕特罗克洛斯的死亡又与另两位主角的命运紧密联系，他临死时对赫克托尔预告："强大的命运和死亡已经站在你的身边，你将死在阿喀琉斯的手下。"而之后赫克托尔被阿喀琉斯杀死时也预告后者将被帕里斯和阿波罗杀死。荷马利用这样反复提及的悬念和预告，既赋予听众"上帝视角"，也吊足了后者的胃口，让他们能够始终密切关注故事的进展。

在人物塑造方面，荷马在《伊利亚特》中将主角们直接置于各种矛盾冲突中，着重叙述他们采取的行动和讲述的话语。例如核心人物阿喀琉斯就被置于冲突的产生、发展、结束三部曲中，通过与军队首领阿伽门农的争吵、拒绝使团劝和、关注两军对战局势并同意好友代战、为友复仇、为友举办葬礼和竞技会、折辱赫克托尔遗体并最终解开心结归还遗体这些场景，一步步向听众展现他的性格和心态变化：在两种命运中犹豫不决，到最后坚定选择短暂却荣誉的一生。其他角色如阿伽门农、奥德修斯、涅斯托尔、大埃阿斯、赫克托尔和帕里斯等无一不是被放入各类战斗或其他场景中，随着故事情节的推进，借由他们的行动或所说的话语或内心独白来彰显各自不同的形象和性格。

与此同时，荷马还灵活运用侧面描写、心理描写、对比烘托等多种艺术表现手法来进行人物形象的塑造。侧面描写的代表性例子就是第三卷中对第一美人海伦的出场描写，荷马没有用华丽辞藻来正面描绘海伦的美貌，而是通过特洛亚长老们于城墙初见她时的惊讶和交头接耳的评论来侧面凸显其天人之姿。之后借特洛亚国王的询问、海伦的介绍和长老们的话语补充，让听众从侧面了解阿伽门农、奥德修斯和大小埃阿斯的外貌和性格。

心理描写虽然不多，却总是出现得恰到好处。《伊利亚特》的首次心理描写是关于奥德修斯的，他孤身陷入特洛亚人的包围之中，这位足智多谋的英雄也流露出一丝惧怕，然而他靠内心的坚定和勇气最终驱除了恐惧，这样自然的心理活动更加凸显了奥德修斯的勇敢，让他的性格更加完整。与此类似的心理描写也出现在墨涅拉俄斯和赫克托尔身上。墨涅拉俄斯一方面不想丢下为他复仇而躺下的帕特罗克洛斯的遗体,另一方面又惧于单独迎战赫克托尔,内心对战友的爱护之情和对死亡的恐惧相互拉扯,最后前者战胜后者;荷马用墨涅拉俄斯的心理活动引出了后续的故事情节,也丰富了这位主角的性格色彩。对赫克托尔在面对阿喀琉斯进攻前的心理刻画更是精彩绝伦,他先是后悔没有听从建议撤回城内以致军队折损,害怕会受到全城百姓的指责,觉得与其被指责不如光荣战死,可又想与阿喀琉斯讲和,主动献出伊利昂城的一半,最后又觉得他不可能取得阿喀琉斯的原谅怜悯,只能为了荣誉与其全力一战。荷马在此细致入微地描绘了赫克托尔在生死存亡之际的矛盾心理,既展现了赫克托尔极度重视荣誉的性格,也侧面反映了阿喀琉斯的可怕实力。

荷马将对比烘托的手法运用得炉火纯青,例如一组经典对比是阿伽门农傲慢粗鲁地拒绝克律塞斯的赎女请求与阿喀琉斯真诚大气地答应普里阿摩斯的赎子请求,类似的请求得到不同的回应,呈现出两位主角不同的性格;帕里斯和赫克托尔与各自妻子的谈话相处构成对比,海伦认为帕里斯逃避战斗是丢脸不光彩的行为,而安德洛玛刻则哭求阻拦丈夫上战场,两位男主角的反应各不相同,帕里斯对荣誉的漫不经心烘托出赫克托尔视荣誉重于生命。另外在前面提及的五次不同的战士求饶场景中,各位主角表现出的不同行为对比出各自不同的性格特征。

最后纵观《荷马史诗》中各有千秋的英雄和神明们,我们可以发现一个特点,即他们的内心情感直白地流露于言语行动中,没有隐含不露的潜意识和晦涩难猜的象征思维，这样直爽的"外显化"特色塑造了《伊利亚特》独特质朴的人物群像。

《伊利亚特》的文学价值和社会意义

《伊利亚特》作为西方文学史上第一部描述战争的英雄史诗，开创了西方战争文学的先河，后世许多诗人和文学家从中寻找创作灵感和素材。古希腊三大悲剧作家围绕特洛亚战争的故事和人物创作了多部悲剧作品。埃斯库罗斯的《阿伽门农》《奠酒人》和《和善女神》三部曲叙述了阿伽门农归乡后被妻子谋害，他儿子又为他复仇的故事。阿伽门农这个人物形象还出现在英国诗人乔叟的长诗《特洛亚罗斯与克丽希达》、莎士比亚剧本《特洛亚罗斯与克丽希达》和法国剧作家让·拉辛的剧本《伊菲革涅亚在奥利斯》中。索福克勒斯现存的作品中也有三部与特洛亚战争人物有关——《大埃阿斯》《菲洛克忒忒斯》和《厄勒克拉特》。除了讲述阿伽门农女儿故事的悲剧《在陶里斯的伊菲革涅亚》和《伊菲革涅亚在奥利斯》，欧里庇得斯还写了三部描述特洛亚城陷落后特洛亚女性遭遇的悲剧作品——《特洛亚妇女》《赫卡柏》和《安德洛玛刻》。赫克托尔的妻子安德洛玛刻在特洛亚都城被占领后失去所有的亲人，被掳至希腊为妾，后又嫁给赫克托尔的弟弟，她的遭遇反映了一个古代社会习俗——收继婚制，即女性在丈夫去世后转嫁给亡夫兄弟或其他男性亲属的习俗。除了欧里庇得斯，后世还有法国剧作家让·拉辛等写过诸多《安德洛玛刻》的同名悲剧或歌剧。古罗马著名诗人维吉尔的代表史诗《埃涅阿斯记》叙述了特洛亚城陷落后埃涅阿斯辗转抵达意大利，最终成为罗马人祖先的故事，其中的战争部分描写便模仿了《伊利亚特》。

除了提供题材灵感，《伊利亚特》的谋篇布局和人物塑造方式也对后世的戏剧和文学发展产生了深远影响。史诗采取有头、有身、有尾的闭环式中心叙述手法，受此影响，很多后世戏剧和文学作品都采用锁闭式结构，主题、人物、情节都围绕着一个核心展开。荷马史诗中人物形象的塑造多通过语言和动作，极少运用心理描写，而后世的戏剧作品也是直接通过演员的台词或动作来塑造一个戏剧人物。此外，荷马史诗的语言风格和艺术手法为后世文学作品树立了一种极具美感的文学范本，如意大利诗人但丁的《神曲》、20 世纪重要诗人及诺贝尔文学奖得主艾略特的代表诗作《J. 阿尔弗瑞德·普鲁弗洛克的情歌》中就有精彩的"荷马式"明喻。

在后世的雕塑、绘画、电影、音乐等艺术领域，我们也能发现诸多以《伊利亚特》为主题的艺术作品，如希腊古典时期诸多刻画特洛亚战争情节和人物的陶瓶绘画、近代众多描绘海伦被拐走的绘画和雕塑作品、安东·帕夫洛维奇·洛申科的画作《赫克托尔与安德洛玛刻道别》（1773）、Joseph Parrocel 的画作《阿喀琉斯拖拽赫克托尔遗体》、电影《新木马屠城记》（2003）和《特洛伊》（2004）。"阿喀琉斯之踵""特洛伊木马""不和的金苹果"等史诗中的人名和典故也融入了人们的生活，变成现代社会的日常用语。

《伊利亚特》还间接推动了古希腊考古学和古希腊历史学的发展。19 世纪后期，受《伊利亚特》等特洛亚战争故事启发的考古学家们开始在小亚细亚和希腊大陆地区进行一系列的考古挖掘,德国人海因里希·施里曼发现了特洛亚、迈锡尼和梯林斯等遗址。古希腊早期的重要文明之一迈锡尼文明得以重见天日,西方文明源头的研究也被推进了一大步。一开始,这些遗址和相关考古发现让不少学者将荷马史诗看作迈锡尼文明时代的真实历史记录,《伊利亚特》中描绘的一些丧葬习俗(火葬方式、狗或马陪葬、骨灰瓶等)、武器装备等也由出土文物证实。不过1952年迈锡尼文明文字(线形文字B)被成功解读,考古学家结合更多文物资料研究后发现,真实的迈锡尼文明与《伊利亚特》中所谓的迈锡尼世界有很大不同。事实上,荷马史诗既纳入了青铜时代和铁器时代的痕迹,也涵盖了迈锡尼文明中后期(公元前1300—前1100年)、黑暗时代(公元前1100—前800年)和古风时代早期(公元前800—前700年)的文化要素。因此,虽然《伊利亚特》在某种程度上被视作展示迈锡尼文明的百科全书,不过其中混合糅杂的诸多文化或风俗细节反映的更多是荷马对过往英雄世界的文学想象,并不是完全真实的历史。

《伊利亚特》除了有极高的文学价值和艺术魅力,还蕴含了对生与死、爱与恨、善与恶、战争与和平、荣誉与耻辱、神明与凡人、人生与命运、公正与伦理等永恒命题的思考和理解,由此给人类带来的启示才是它成为经典的真正价值所在。与此同时,这些思考和启示也让我们得以一窥希腊民族的气质,探究西方思想和价值观的起源,把握东西方文化差异的脉络。

《奥德赛》：英雄的归途

《奥德赛》的中心人物：奥德修斯

荷马史诗《奥德赛》的中心人物是出征特洛亚的希腊英雄之一——伊萨卡岛国王奥德修斯，其实这部史诗的希腊名字 Οδύσσεια 直译就是"奥德修斯的故事"。在《伊利亚特》中便已出场的奥德修斯以足智多谋著称。在特洛亚战争中，最终帮助希腊人攻破城池的木马计就是他的计谋。奥德修斯在伊萨卡岛深受百姓爱戴，也是远征途中同伴们信赖的首领，在结束了漫长的十年征战后，奥德修斯决定返回故乡伊萨卡岛，回到朝思暮想的妻子佩涅洛佩身边，因而有了《奥德赛》的故事。

《奥德赛》的中心事件：归返与发现

与《伊利亚特》恢宏的战争相比，《奥德赛》中描绘的旅程奇幻又富有哲思。经过了十年的征战，奥德修斯急于回到故乡的迫切心情不言而喻。但是在归返途中，由于无意触怒了海神波塞冬，致使他与同伴们的回乡之路充满坎坷。一路上，他们经历过数次致使船毁人亡的海上风暴，从独眼巨人的食人山洞中、女妖塞壬迷人心魄的歌声中、凶残海怪的两面夹击中艰难逃生。当然，这一路也有美丽的奇遇：令人忘忧的香甜花朵、温柔缱绻的美貌神女、一心相托的妙龄公主，她们的拯救同时也是挽留、是考验：究竟是留在当下享受美好，还是踏上险途冲向未知？为了归返，奥德修斯甚至前往冥府，听取亡者的预

《奥德赛刺瞎波吕斐摩斯》之局部,希腊大理石雕像,大约作于公元1世纪。现存于意大利斯佩尔隆加国家考古博物馆

言，在那里他见到了自己的母亲、曾经的战友，这趟冥府之行让他重新思考战争和人生的意义。假如我们抛开这趟归途的最终结果，仅仅看旅途本身，这些遭遇和经历给奥德修斯所带来的收获，就已经远远胜过重新踏上故土的喜悦。

而奥德修斯回到伊萨卡岛之后，又经历了一系列的"发现"。远去他乡十载，伊萨卡的宫殿里已经满是傲慢的求婚人，审慎的奥德修斯于是听从雅典娜女神的建议，乔装成一个乞丐，以便掩人耳目探听消息，同时也存心考验一下奴仆和妻子的忠心。在接下来的几天内，他的身份依次被忠心的奴仆、昔日的乳母、成年的儿子识破，剧情也借着一次次的"发现"掀起一波又一波的高潮，直至最终夫妻相认，互诉衷肠。换个角度来说，这一次次的"发现"不正是另一种形式上的启程与到达吗？只是这次的征程，与地理无关，而是关乎内心。

《奥德赛》的故事情节

《奥德赛》用 24 个篇章的诗篇，着墨于奥德修斯十年归返途中最后的四十天。但是全诗所叙述的故事其实包括了奥德修斯在这十年海上流浪所碰到的各种奇幻经历。故事的时间跨度大，地名、人名多且复杂，加上荷马跳跃性的叙述方式，以及两条主线的安排，许多读者在初读《奥德赛》时，尤其是中段奥德修斯对往昔回忆的那几个章节，会觉得有些难以理清头绪。在此我们不妨先打乱一下书中的章节顺序，将奥德修斯十年的经历按照时间顺序一一铺开。

(1)从特洛亚到奥古吉埃岛

特洛亚战争结束后,奥德修斯率领十二艘船组成的船队与同伴们启程返回故乡——伊萨卡岛。但是海上的风将他们带到了基科涅斯人的国度。在劫掠了伊斯马罗斯城后,奥德修斯的船队遭到基科涅斯人的围攻,同伴们死伤惨重,幸存者只得逃向伯罗奔尼撒半岛的海岸。无奈海上刮起狂风,将船队远远吹离了希腊的海域。风暴过后,他们来到洛托法戈依人的岛屿,岛上的居民以甜美的洛托斯花招待客人,只是这花能让人忘却故乡。奥德修斯强迫同伴赶紧离开,以免他们乐不思蜀。之后,他们来到了独眼巨人所居住的岛屿,岛上的巨人乃海神波塞冬之子,终日在岛上放羊,夜间便栖息洞中,洞口有巨石遮挡。奥德修斯与同伴们进入洞中后,同伴们陆续被巨人当作晚餐吞入腹中,幸好机智的奥德修斯伺机刺瞎了巨人的独眼,并哄骗他搬开洞口的大石,混在羊群之中才得以逃脱。可这番举动引来了海神波塞冬的愤怒,来自海神的阻挠让他们的归途困难重重。

在他们即将靠近故乡之时,贪财的同伴们解开了风神艾奥罗斯所赠的风口袋,风暴骤起,船队再次被趋离故乡,来到莱斯特律格涅斯人的海岛,船队受到沉重的打击,十一艘船被击沉,船员尽失。奥德修斯乘坐仅剩的一艘船,来到魔女基尔克的岛屿。魔女将他的船员变成蠢笨的猪猡,多亏奥德修斯识破魔法,解救出同伴,可他却不得不在岛上度过了一年的时光。从魔女口中,奥德修斯得知,若想归返故乡,必得先下冥府。来到冥府的奥德修斯遇见了预言家特瑞西阿斯的亡灵,从他口中听得预言:只要向海神作出合适的献祭,奥德修斯必将返回故乡,并在那儿享受高龄、度过残年。

从地府归来的奥德修斯在基尔克的帮助下再次启程,他与同伴用蜡封住耳朵,躲过赛壬致命的歌声;在牺牲了六个同伴后,顺利穿过海怪卡律布狄斯和斯库拉之间的湍流,来到特里那基亚海岛。在那儿,同伴们饥不择食,宰杀了太阳神牧放在岛上的牛羊,作为惩罚,天神宙斯掀起风暴,打翻了最后一艘船,所有的船员都命丧大海,只剩奥德修斯得以生还。在海上挣扎一番后他漂泊到奥古吉埃岛,并在那儿遇见了美丽的神女——卡吕普索。

(2)从奥古吉埃岛到斯克里埃

在这个海中央的美丽仙岛,奥德修斯与神女度过了七年时光,神女有意让他做自己的夫君,而奥德修斯却从未忘却故乡,终日郁郁寡欢。他对故土的思念引得众神怜悯。在他离开故土的第二十年,众神召开会议,由于对奥德修斯心怀不满的海神缺席,经智慧女神雅典娜的提议,众神最终决定助他归返故乡。雅典娜变幻人形降临伊萨卡岛,岛上的形势却不容乐观:由于国王奥德修斯离乡多年,无数贵族青年想要迎娶忠贞的王后佩涅洛佩,以图登上王座。求婚的人们聚集在宫殿之中,整日吃喝喧闹,大肆挥霍王宫所有财物。化为人形的女神趁机接近奥德修斯的独子——年届二十的青年特勒马科斯,劝说他前往皮洛斯和斯巴达,探听父亲的下落。与此同时,宙斯又召开了一次众神会议,派遣传令之神赫尔墨斯前往奥古吉埃岛,命令神女卡吕普索放奥德修斯返回故乡。

跟着卡吕普索的指引,奥德修斯在海上航行了十八天。回到奥林波斯仙山的海神再次掀起巨浪，打断了他的航程。失去航船的奥德修斯在海上与风浪苦苦搏斗了两天后，随浪漂到费埃克斯人的国度。善心的公主瑙西卡娅发现了在海滩上奄奄一息的奥德修斯，公主心生怜悯，指点他前往王宫。在那儿奥德修斯受到国王、王后的热情款待，奥德修斯最终吐露真情，表明了自己的身份，还述说起自己苦难的经历。最终，在费埃克斯人的帮助下，奥德修斯搭乘法力无边的快船，一夜之后终于登上了故乡的土地。

（3）在伊萨卡岛

奥德修斯听从雅典娜女神的建议，乔装打扮成一个衣衫褴褛的乞丐，在女神的陪伴下前往宫城。他为自己编造了虚假的身世，逢人便说。奥德修斯首先来到牧猪奴欧迈奥斯的院中，并在那儿逗留了四个夜晚，以便打探宫殿内的情形。在牧猪奴的院中，奥德修斯遇见了从斯巴达归来的特勒马科斯，他以虚假的故事试探良久，才同亲生儿子相认。到了第五天，他穿一身破衣进城，踏进王宫，面对众求婚人的戏谑，他忍辱负重。晚上，还是一身乞丐装扮的奥德修斯安慰王后佩涅洛佩，说她的丈夫很快就会回来，但审慎的王后并不相信。第二天，王后安排了一场射箭比赛，宣布胜利者就能成为她的丈夫。比赛开始了，王后拿出了奥德修斯的旧弓箭，可是谁都没有力气拉开这张弓。最后奥德修斯走上前来，毫不费力地张弓搭箭，在儿子特勒马科斯与牧猪奴的帮助下，顺势射死了所有的求婚人。再一次，奥德修斯成为王宫的主人，并和王后相认。那一夜，他们夫妻二人倾吐衷肠，互诉分别二十年所经历的种种遭遇。第二天，奥德修斯去往城郊，与自己的父亲相认。此时,求婚人的亲眷一同前来为亡者报仇,就在千钧一发之际,女神雅典娜出面调停,化解双方的仇怨,令伊萨卡岛复归往日的平静。

那么这样一场漫长、艰难的海上之旅,荷马又是如何描写的呢?我们再次回到《奥德赛》的文本,看作者是如何巧妙安排各卷诗篇的。

根据故事情节,全诗其实可以分成三个独立的小篇章:"特勒马科斯之歌"(Τηλεμάχεια,为第一卷至第四卷),"费埃克斯之国"(Φαιαχίδα,第五卷至第十三卷209行)和"射杀求婚人"(Μνηστηροφονία,第十三卷210行至第二十四卷)。作者并没有在全诗的一开始,就让奥德修斯出现在读者的视线中。而是用了四卷的篇幅,铺设了故事发生的背景——特洛亚战争之后的第十年,其他的古希腊英雄都回到了故乡,唯独奥德修斯还在海上历经磨难,生死未卜。同时也展开了情节的第二条主线——特勒马科斯寻父。荷马在这里故意卖了个关子,既然众神已经决议让奥德修斯归返,又为何让特勒马科斯外出寻找父亲的下落?雅典娜既然对奥德修斯的生死心知肚明,为何不直截了当地告诉特勒马科斯,而特勒马科斯在斯巴达也并没有真正获悉与父亲的生死有关的消息,而是打听了不少其他古希腊英雄在归返途中的故事。荷马这样的安排声东击西,极大地吊起了读者(或听众的)胃口,同时也补充完整了《伊利亚特》中没有讲完的几个故事,可见他的一番安排大有深意。

《海伦认出特勒马科斯》,1795年由法国作家让·雅克·拉格伦妮所作,现存于俄罗斯圣彼得堡埃尔米塔日博物馆

"特勒马科斯之歌"

在"特勒马科斯之歌"部分,不言而喻,奥德修斯的独子——特勒马科斯是故事的主角。

第一卷开篇,距离特洛亚之战已经过去十年,所有的希腊英雄要么牺牲在了战场,要么已经回到故乡。可是他们之中,唯有一个人——奥德修斯,没有归返。除了万能的神明,没人知道他的下落。海神波塞冬将他抛弃在大海中,阻止他回到故乡伊萨卡岛,回到妻儿身边。他被软禁在大洋中一个遥远的海岛——奥古吉埃岛,"被高贵的神女卡吕普索,神女中的女神/阻留在深邃的洞穴,一心要他做丈夫"①,整日"怀念着归程和妻子"。二十年离乡背井的苦楚,终于感动神灵。趁着海神波塞冬缺席的机会,主神宙斯在奥林波斯圣山召开众神会议,决定让奥德修斯回到故乡。传令之神赫尔墨斯前往奥古吉埃岛,向卡吕普索②传达众神决议,放奥德修斯启程归返。智慧女神雅典娜幻化成外乡人的模样,来到伊萨卡岛,发现宫殿内到处是傲慢的求婚人在尽情玩乐、放肆吃喝,他们成日聚集在宫殿之中,等待奥德修斯的王后佩涅洛佩择定结婚的人选,好成为伊萨卡岛的新国王。奥德修斯刚成年的儿子特勒马科斯"坐在求婚人中间,心中悲怆"。雅典娜隐瞒了奥德修斯的生死,只是让特勒马科斯鼓起勇气,召开公民大会,揭

---

① 见《荷马史诗·奥德赛》,王焕生译,人民文学出版社。
② 有趣的是,卡吕普索的名字在希腊文中有隐藏的意思,隐喻她将奥德修斯"隐藏"在奥古吉埃岛长达七年之久。

露求婚人的恶行，同时宣布召集船只，前往皮洛斯和斯巴达打探父亲的消息。女神的一番话给了特勒马科斯勇气，他第一次以严肃的口吻对母亲说话："你要坚定心灵和精神/现在你还是回房去操持自己的事情/谈话是所有男人们的事情/尤其是我，因为这个家的权利属于我。"王后惊异于儿子的成长，默然退席。随后，特勒马科斯愤然要求所有求婚人离开宫殿，可是这些王公显贵并不把小王子放在眼中。第一天过去，伊萨卡的王宫内，气氛正在发生变化，主人公奥德修斯并没有真正出现，可是他不断出现在人们的脑海中。雅典娜女神说的话，也让特勒马科斯一夜难眠。

第二卷，伊萨卡人在奥德修斯离开二十年后第一次召开了公民大会，正在大家疑惑开会的原因时，特勒马科斯来到会场，"手握铜矛/雅典娜赐给他一副非凡的堂堂仪表/他在父亲的位置就座，长老们退让"。在所有人面前，特勒马科斯和求婚人展开了激烈的辩论，他声讨求婚人挥霍宫中财产，行为不端，已经令人忍无可忍。他的话引起了人们的同情，只有求婚人中的首领——安提诺奥斯一人站出来反对："有错的是你的那位母亲，她这人太狡猾/她一直在愚弄阿开奥斯人胸中的心灵。"因为王后佩涅洛佩曾答应求婚人，等她为奥德修斯的父亲，老英雄拉埃尔特斯先织完寿衣，就会改嫁。谁知她白日织，夜晚拆，寿衣过了三年也未能完工，引得求婚人愤愤不平。他们要求特勒马科斯赶紧催促母亲改嫁，不然他们便日日在王宫喧闹，继续消耗王宫的财富和积蓄。正在双方相持不下的时候，特勒马科斯提议再给他一年的时间，他将离开伊萨卡岛寻访父亲的下落，若一年之后还无结果，母亲就改嫁他人。求婚人并不肯放行，甚至叫嚣，即使奥德修斯归来，他们也不会善罢甘休。公民大会并没有什么实质性的结果，但是对特勒马科斯来说，这是他面对公众的第一次演讲，已经取得了良好的效果，他已经向百姓们证明，自己是国王奥德修斯当之无愧的儿子。晚上，他与变幻成好友门托尔模样的雅典娜一起安排好船只，悄悄驶离伊萨卡岛，开始了寻父的旅程。

第三卷，奥德赛的故事进入第三天。特勒马科斯来到皮洛斯，古希腊英雄涅斯托尔的国度，在海滩上正碰到涅斯托尔向海神献祭。来自伊萨卡岛的客人受到热情款待，与主人共进午餐。席间特勒马科斯郑重地向涅斯托尔询问起父亲奥德修斯的消息。一席话勾起了涅斯托尔对出征的特洛亚同袍们的怀念之情，以及他与奥德修斯之间的深厚友谊。他谈起战后许多英雄的境遇，唯有奥德修斯的下落无人知晓。涅斯托尔还提到迈锡尼国王阿伽门农，这位胜利的勇士回到家后却死于妻子和姘夫之手，幸好他的儿子，"神样的奥瑞斯特斯从雅典归来／杀死了弑父的仇人"。涅斯托尔于是建议特勒马科斯继续前往斯巴达，也许那里能听到更多奥德修斯的消息。第四天早上，涅斯托尔为特勒马科斯送行，还派遣了自己的儿子陪他一起前往斯巴达。

第四卷的开始，已经是第五天的黄昏。特勒马科斯到达斯巴达，见到海伦的丈夫——声名显赫的墨涅拉俄斯。此时王宫里正举行婚礼，墨涅拉俄斯盛情款待到来的两位年轻人，他二人"惊诧神裔王者的宫殿美／私有太阳和皓月发出的璀璨光辉／闪烁与显赫的墨涅拉俄斯的高大宫殿"。但是国王却动情地说，宁愿用这些金银财富换回那些牺牲在特洛亚战场的同袍们。此时,庄严美丽的海伦也来到大殿,是她首先认出了特勒马科斯。随后她和墨涅拉俄斯纷纷忆起战争时的场景:奥德修斯是如何巧妙地混入特洛亚城而不被发现;如何想出木马计,并且识破敌人的诡计,及时阻止了躲藏其中的士兵的喊声。一夜过去,在新的一天(第六天)到来后,墨涅拉俄斯与特勒马科斯单独谈话,他告诉特勒马科斯自己在归途中的见闻。当他在海上行至埃及时,曾被神明阻留在那儿许久。为了顺利回到故乡,他设计逮住了一位说真话的海中老神普罗透斯,老人向他透露了许多其他特洛亚英雄的下落,其中就有奥德修斯。老人说曾见过奥德修斯在一座孤岛上对海流泪,因被神女卡吕普索扣留难返家园。到这时,特勒马科斯才知道自己的父亲还活着,并且被扣留在奥古吉埃岛已多年。墨涅拉俄斯提出让特勒马科斯在自己光辉的宫殿中多盘桓几日再走,特勒马科斯拒绝了,他急于出发寻找父亲。

而在遥远的伊萨卡岛,众求婚人正在"心中给特勒马科斯谋划沉重的死亡",他们在伊萨卡岛附近的一座小岛设下埋伏,静待特勒马科斯回来踏入圈套。王后佩涅洛佩这才知道年幼的儿子已经离岛寻父,不禁为儿子的平安忧心忡忡。忠的老乳母欧律克勒娅叫她向雅典娜祈求帮助。果然,夜间雅典娜就为她捎来了安心的甜梦。殊不知,这一切都是雅典娜的精心安排!

至此,"特勒马科斯之歌"结束,在下一卷的开篇,故事的另一条主线正式展开,真正的主人公奥德修斯总算来到舞台的正中央。

"费埃克斯之国"

在"费埃克斯之国"的篇章中,荷马描写了奥德修斯在费埃克斯人的岛上度过的三天。该篇章的第一部分(第五卷至第八卷)讲述了奥德修斯离开奥古吉埃岛,遭遇风浪后漂流到了费埃克斯人居住的斯克里埃岛,被年轻的公主瑙西卡娅发现,并把他带到宫殿,引荐给国王阿尔基诺奥斯。隐瞒了身份的奥德修斯作为外乡人受到国王和王后的款待,于是他讲述了自己从奥古吉埃岛来到斯克里埃岛的旅程。在第二部分(第九卷至第十二卷),奥德修斯说明了自己的身份,通过回忆讲述起自己从特洛亚出发,直到被卡吕普索困在奥古吉埃岛的所有遭遇。第三部分(第十三卷第1行至209行)讲述了费埃克斯人为奥德修斯准备了丰厚的礼物,并送他回到伊萨卡岛的全过程。

这其中,第五卷是承上启下的一卷。在"特勒马科斯之歌"中讲述的事件发生的同时,奥德修斯依然被囚禁在卡吕普索的岛上。荷马利用之前的四个篇章,首先为奥德修斯的归返做了细腻的铺垫,不仅交代了伊萨卡岛的情形、关键人物奥德修斯的性格特征,还一一介绍了与他的归返相关的其他人物。但是在接下来的篇章中,诗人并没有让奥德修斯从卡吕普索如梦似幻的小岛直接回到现实中的故乡伊萨卡岛,他为奥德修斯安排了一个中转站——宁静、祥和、充满乌托邦意味的斯克里埃岛。为什么在这里,荷马再一次延迟了奥德修斯的归返?奥德修斯在斯克里埃岛逗留的三天,会对之后的故事产生什么样的影响?让我们再次回到诗篇。

第五卷,时间已经是奥德赛故事开始后的第七天。奥林波斯山众神再次召开会议,雅典娜女神点出了目前的两大困难:首先奥德修斯依然被卡吕普索阻留在奥古吉埃岛;另外,特勒马科斯也面临着被求婚人谋杀的危险。天神宙斯随即下命令道:传令神赫尔墨斯即刻前往奥古吉埃岛宣布众神决定,而特勒马科斯的性命将由雅典娜保全。当赫尔墨斯来到如诗如画的奥古吉埃岛,卡吕普索正在洞中纺织歌唱,听罢众神的决议,神女先是指责众神"太横暴,喜好嫉妒人/嫉妒我们神女公然与凡人结婚姻",但是赫尔墨斯警告她:"不要惹宙斯生气/你若惹他恼怒,他以后定会惩罚你。"于是神女只得来到岸边,发现奥德修斯正"用泪水、叹息和痛苦折磨自己的心灵/眼望苍茫喧嚣的大海,泪流不止"。对奥德修斯来说,眼前的温柔乡无论如何都无法替代朝思暮想的故乡。起先他还对神女放他归返的话半信半疑,直到她起誓,才终于相信自己的好运气。神女试着做最后的挽留:难道奥德修斯愿意放弃和神女在一起永生不老、没有烦忧的生活,宁愿去面对海上未知的风暴吗?难道他对妻子的爱,能超过一切艰难险阻?奥德修斯坚定地回答:"我仍然每天怀念我的故土/渴望返回家园,见到归返那一天/即使有哪位神明在酒色的海上打击我/我仍会无畏,胸中有一颗坚定的心灵。"

于是神女给他送来工具、布匹、木料,奥德修斯用四天的时间自己制作了一艘小筏。在第十二天的早上,神女为小筏装上干粮和净水,送上"温和的顺风",目送奥德修斯驶向无边无际的大海。

在海上平安航行了十七天后,奥德修斯抵达斯克里埃岛附近,然而他的苦难还远未结束。得到消息的海神波塞冬余怒未消,在海中掀起巨浪，小筏子很快被海浪拍碎，奥德修斯在风浪中只得脱去神女所赠的华服，赤身裸体地与大自然的力量抗争。在命悬一线之刻，幸而有女神伊诺相助，他才总算留下一条性命。海神看到奥德修斯奋力挣扎的样子，也平息了怒气："你已忍受过许多苦难，现在就这样／在海上漂泊吧。"

一晃眼，已是故事发生的第三十一天。在海上飘荡了两天的奥德修斯筋疲力尽，在女神雅典娜与河神的帮助下，总算找到一处可以上岸的地方，来到斯克里埃岛。他凭着自己的身体和头脑赢得了与命运的角斗，海神不会再伺机刁难他了，那么噩梦是否已经过去了呢？

第六卷，正当奥德修斯在岸边的灌木丛中沉睡时，雅典娜也进入了费埃克斯公主瑙西卡娅的梦中，女神告诉年轻的姑娘，第二天一定要去往河边浣洗衣服，在那里她会碰到未来的丈夫。第二天清晨（也就是故事的第三十二天），瑙西卡娅将梦里的情形一一禀报父王阿尔基诺奥斯，国王不忍驳回独生女的请求，于是派车送她和侍女们前往河边——奥德修斯的所在。年轻姑娘们的玩闹声惊醒了沉睡的英雄，可是奥德修斯"浑身被海水污染，令少女们惊恐不迭／唯有阿尔基诺奥斯的女儿留下，雅典娜／把勇气灌进她心灵"。奥德修斯并未吐露自己的身份，而是恭顺地称赞瑙西卡娅的美貌淑德。瑙西卡娅让侍女们奉上沐浴用品，等到奥德修斯整理好自己的仪容，她又惊异于眼前英雄的俊美风采，"如同掌管广阔天宇的神明"。在准备回宫之前，瑙西卡娅告诉奥德修斯，费埃克斯人是骄傲的航海民族，并不轻易接纳外乡人，所以奥德修斯切不可和她一起回到宫殿。公主还细细叮嘱了他进入王宫后该如何言行,她指点奥德修斯直接跪倒在王后阿瑞塔的面前,"抱住她的双膝请求"。

第七卷,在雅典娜女神的帮助下,奥德修斯顺利地来到城中。站在宫门前,奥德修斯不由被眼前富丽堂皇、美轮美奂的宫殿吸引,青铜墙壁、黄金大门、银质门柱,还有宫门两侧由天神打造的"黄金白银浇筑的狗"。宫殿里面"铺盖着柔软精美的罩毯",奴隶成群。即使是对见多识广的奥德修斯,这里都如同天堂一般。

奥德修斯首先来到王后面前,跪下请求她的怜悯和帮助。众人尽管惊异于这个外乡人的出现,但是国王阿尔基诺奥斯承诺会送他返回故乡。夜宴结束,国王和王后详细问起奥德修斯的身份,他并未吐露,只是诉说了自己如何来到奥古吉埃岛,如何被神女阻留在那里七年,如何在海上航行遇上风暴来到这里,如何被公主所救。阿尔基诺奥斯责备公主没有带着奥德修斯一起回宫,奥德修斯却说是因为自己不敢造次,才没有一同前来。他的审慎赢得了国王的好感,再次承诺明日派船送他返回故乡。

第八卷,已经来到了奥德赛故事的第三十三天。阿尔基诺奥斯国王召集岛上所有的王公大臣来到王宫参加宴会,为奥德修斯送行。宴席上,他们请来了盲人歌手得摩多科斯,吟唱起特洛亚战争中奥德修斯与阿喀琉斯之间的争吵。奥德修斯听后潸然泪下,为怕被人发现,只好拿衣服遮着脸,但还是逃不过国王阿尔基诺奥斯的眼睛。随后,国王建议举行体育竞技,好显示"我们如何在 / 拳击、角力、跳远和赛跑上超越他人"。谁知,奥德修斯在竞赛中一鸣惊人,胜过了年轻的王子。国王又说"我们也一向喜好宴饮、竖琴和歌舞",于是歌人又唱起战神阿瑞斯与爱神阿弗洛狄忒的偷情故事,奥德修斯再一次在舞蹈和演唱上展现了惊人的才能,这两场竞技为他赢得了无数贺礼。回到宫中,宴席重开,公主瑙西卡娅对奥德修斯说:"但愿你日后回到故乡/仍能记住我,因为你首先有赖我拯救。"奥德修斯的回答是:"但愿赫拉的执掌霹雳的丈夫宙斯/能让我返回家园,见到归返的那一天/那时我将会像敬奉神明一样敬奉你/一直永远,姑娘,因为是你救了我。"可见,美丽的爱情并无法动摇奥德修斯归返的坚定信念。

宴席继续,歌人再次唱起特洛亚的歌谣,奥德修斯"听了心悲怆,泪水夺眶沾湿了面颊",国王阿尔基诺奥斯不得不中断表演,这次他忍不住开口询问,奥德修斯究竟是谁?经历了些什么?为何特洛亚的故事会令他如此痛苦?

第九卷到第十二卷,是奥德修斯的回忆部分。在费埃克斯人精美的宫殿里,面对衣食无忧的一群人,奥德修斯坦承了自己的真实身份,并且将自己的经历娓娓道来。特洛亚战争结束后,他出发返回伊萨卡岛,海风把他们带到基科涅斯人的国度。在那里大肆洗劫一番之后(没错,当时的战争英雄其实和海盗并无差别),奥德修斯的船队遭到基科涅斯人的围攻,船队里,每艘船都损失了六个伙伴。离开那儿之后,船队碰上了风暴,风浪将他们带到了一片陌生的海域。漂流了九天以后,他们来到了洛托法戈依人的国土,"他们以花为食"。岛上生长着甜美的洛托斯花,吃过它的人会"完全忘却回家乡",奥德修斯不得不把品尝了洛托斯花的同伴硬拉回船上,才得以再次启程。下一站,他们来到库克洛普斯人的居地。他们是一些疯狂野蛮的独眼巨人，以放羊为生。每个巨人都独自住在一个自己的山洞中，不与人往来。尽管同伴们反对，奥德修斯还是想要去巨人们的岛屿一探究竟。他带着一大囊酒和十二位同伴，来到一个大山洞前，打算去会一会那个"非常野蛮、不知正义和法规的对手"。

这是海神波塞冬的儿子——波吕斐摩斯的洞穴。奥德修斯说他们是海难的幸存者，丢失了船只，前来山洞避难。谁料巨人凶残无比，且并不惧怕奥林波斯山的众神，直接抓起奥德修斯的两个同伴当作晚餐。第二天，他又吃了两个同伴，并且在赶羊出山洞后，又搬起一块巨大的石头堵住了洞口，把奥德修斯和幸存的同伴们囚禁其中。幸好，人的智慧总能战胜蛮力。这天晚上巨人放羊回来，奥德修斯已经想好了对策。他先哄骗巨人喝醉了酒，趁其不备用磨尖的树枝刺瞎了他的独眼，又谎称自己的名字叫"无人"。于是无论巨人如何喊叫"同伴们，无人用计谋，不是用暴力，杀害我"，赶来的巨人邻居也无法明白究竟是谁袭击的他。第二天一早，趁着巨人无法看见，奥德修斯和同伴们扒住羊群的肚子，成功混出山洞。可是骄傲令他付出了沉重的代价，回到船上以后，他向巨人大声报上自己的名号，这一举动不仅激怒了巨人，也令巨人的父亲海神波塞冬与他结下了仇恨，从此以后，他的旅程变得荆棘丛生。

第十卷，离开独眼巨人岛的奥德修斯和同伴们来到了风神的国度，艾奥利埃岛。在那儿他们享受了一个月的盛情款待，临走时，风神还赠送了他们一只"剥自九岁牛的皮制口袋/里面装满各种方向的呼啸的狂风"。风神让他仅放出泽费罗斯(也就是西风),这样就能顺利回到伊萨卡岛。船队在海上航行了9天,已经能远远望到故乡的土地时,同伴们以为口袋中装着奥德修斯私藏的黄金和白银,打开了口袋。很快四面八方刮起大风,又将船队吹回了风神的国度。这一次,好客的风神再也不愿意接待奥德修斯一行,因为他已经看出,他们遭到了神的厌弃。

没有顺风送行,他们划船来到莱斯特律格涅斯人的国度。岛上的人不仅不好客,甚至比独眼巨人还要凶残,整个船队只剩一艘船逃了出来。乘着唯一那艘船,奥德修斯来到魔女基尔克的岛屿。奥德修斯的同伴上岛探路,寻找食物和淡水。他们误入基尔克的宫殿,喝下魔女给的饮料后,"立即变出了猪头、猪声音、猪毛/和猪的形体,但思想仍和从前一样"。唯一幸免的同伴欧律洛科斯跑回船上报告了这个可怕的消息。奥德修斯不能抛下同伴,于是立即赶往魔女的宅邸。途中正好碰上传令神赫尔墨斯,神教会他对付魔女的办法,并给了他魔药的解药。魔女发现无法制服奥德修斯,只得听从他的命令,把他变成猪猡的同伴重新变回人形,并用佳肴美酒盛情款待众人。魔女以整顿队伍、恢复精力为理由留他在岛上住了一年,最终魔女告诉奥德修斯,要回到故乡,"需要首先完成另一次旅行/前往哈得斯和可畏的佩尔塞福涅的居所[①]/去会见特拜的盲预言者特瑞西阿斯的魂灵"。

---

① 指冥界,哈得斯为冥王,佩尔塞福涅为冥后。

从现实中的世界，到迷幻的国度，奥德修斯的下一站将是另一个世界，他所面临的挑战前所未有，因为"还从未有人乘乌黑的船只去过哈得斯"。

第十一卷，这一卷中的主要人物都是冥界的亡魂，因而这一篇也称为"亡魂篇[①]"。随着魔女的指引，奥德修斯航行到大洋的边缘，那里正是冥府的入口。遵照基尔克的指示，奥德修斯挖深坑、祭亡灵、杀母牛祭祀。聚集过来的亡魂中有奥德修斯的母亲，尽管心怀悲伤，奥德修斯也没有让她靠近身边。魔女的指示很明确：首先询问特瑞西阿斯。终于预言者的亡魂来到面前，他向奥德修斯透露说他终将回到伊萨卡岛，在那里"享受高龄，了却残年"。接下来是《奥德赛》中最令人心碎的一段对话，奥德修斯见到母亲的亡魂，从她口中他听到了妻子、儿子和心碎的父母亲在他出征后的情形，母亲对他说："光辉的奥德修斯啊，是因为思念你和渴望／你的智慧和爱抚夺走了（我）甜蜜的生命。"奥德修斯想要拥抱母亲，但是难以实现，亡魂犹如梦中的幻影，飘荡无依。

奥德修斯的讲述在这里忽然停下了，大厅里一片寂静，阿尔基诺奥斯国王和阿瑞特王后被他的故事深深打动，称赞奥德修斯有一颗高尚的心灵，简直有如一位歌人。听众们也纷纷献上厚礼，希望他继续说下去。

[①] 希腊语 νέκυια，意为一种神秘的招魂仪式，活人可以向冥界的亡魂询问自己未来的命运。

奥德修斯又开口了。这次他碰到了三位特洛亚战争英雄的亡魂：阿伽门农、阿喀琉斯和埃阿科斯。阿伽门农吐露了自己是如何被妻子和其奸夫所害，因而告诫奥德修斯一定不要轻易相信女人，回到故乡后一定要慎之又慎。阿喀琉斯说："我宁愿为他人耕种土地，被雇受役使／也不想统治即使所有故去者的亡魂。"埃阿科斯则不愿与奥德修斯为了在世时的分歧和解，默默无言地走开了。亡魂越聚越多，为避免引起冥王的注意，奥德修斯和同伴们起锚驶离阴暗的地府。这下他已经看清了自己的未来，可是归返的道路真的会一帆风顺吗？

第十二卷，从冥府归来，奥德修斯再次回到基尔克的宫殿。魔女向他说起之后旅程中会遇到的挑战和解决对策：海妖赛壬的声音具有致命吸引力，会令人情不自禁跳下海，向死亡游去。要对付他们必须用蜡封住耳朵，将自己牢牢绑在桅杆上。接下来他还要选择，是穿越"撞岩"还是从两个骇人的海怪斯库拉和卡吕布狄斯之间的海峡穿过。撞岩是两块随时会撞在一起的巨大岩石，唯有取得金羊毛的英雄伊阿宋，在赫拉的保佑下曾经顺利通过。另一边，斯库拉是长着六个头的可怕怪物，"每个头能抓走一人"。卡吕布狄斯每天三次将海水吞进吐出，任何人都难以通过。魔女建议他牺牲六名船员，从斯库拉的那边通过。接着他将来到太阳神牧放神牛的岛屿，他们绝对不能碰神牛一下，若是触怒神灵，必将难返故乡。

第二日清晨，奥德修斯启程返航。一切正如基尔克所说，顺利通过了赛壬的海岛后，他们从靠近斯库拉的海峡通过。尽管奥德修斯披甲全力应战，可还是损失了六位同伴。当他们抵达太阳神的光辉岛屿后，风向变了，船队只能在岛上等待再次出发。一个月过去了，船上的补给消耗殆尽，"饥饿折磨着他们的空肚皮"。同伴们饥饿难耐，还是忍不住宰杀了岛上牧放的神牛，愤怒的太阳神请求宙斯降下惩罚。于是他们再次起航后，海上刮起风浪，天空电闪雷鸣，所有的船员葬身鱼腹，只剩奥德修斯一人漂流到了神女卡吕普索的奥古吉埃岛。果然正如神谕所说：奥德修斯，终将归返，只是这场归途，只有他孑然一身。

"射杀求婚人"

第十二卷的最末，时间线完美接上故事的开头。第十三卷开始往下，叙述的就是奥德修斯回到故乡之后的经历，也就是整个《奥德赛》故事的第三个篇章。这个部分，诗人讲述了奥德修斯在回到伊萨卡之后，如何一步一步地做好准备，成功射杀所有求婚人，夺回王位和妻子，并重新恢复伊萨卡岛往日秩序的故事。

从第十三卷第210诗行至第十六卷，奥德修斯都没有进入伊萨卡宫城，而是化身成一名乞丐躲藏在乡下牧猪奴的茅舍。经过雅典娜女神的引导，在那里父子团聚相认，并一起筹划之后的行动。随后又有好几场对奥德修斯身份的"发现"，这些"发现"都将为最终的胜利服务。第十七卷至二十卷，依然是乞丐身份的奥德修斯离开茅舍前往宫殿，他因而能掩人耳目，从暗中观察家中的情形，分辨战友和敌人。第二十一卷到二十三卷，是全诗的高潮段落。在朋友和儿子的帮助下，奥德修斯利用射箭比赛的机会，射杀了所有无赖的求婚人，一雪前耻，

《奥德修斯与赛壬》，1891年由英国画家约翰·威廉·沃特豪斯所作，现存于澳大利亚墨尔本维多利亚国家美术馆

并最终与忠贞的妻子相认。第二十四卷为终篇，所有的仇怨都在女神雅典娜的调停下化解，奥德修斯见到了老父亲，伊萨卡岛又恢复了往日的宁静。

从篇幅来看，这一篇章的体量相当于前两章的总和。荷马把大部分的笔墨留在了最后，因为回到故乡，奥德修斯的旅程还远未结束。而他这次要面对的，不再是大自然的挑战，而是更为险恶的人心。接下来，我们看看荷马如何讲述这个惊心动魄的故事。

第十三卷第 210 诗行，这是故事发生的第三十五天。踏上伊萨卡岛的那一刻，雅典娜女神布下一层迷雾，令奥德修斯一时无法辨认出故乡的土地。谨慎、机智的他完全没有放松警惕，不敢信任任何人。在与幻化成人形的雅典娜女神进行了一番斗智斗勇的较量后，女神赞赏他的机智，为他揭开眼前的迷雾，他确认自己终于在二十年后回到故乡，奥德修斯"心中欢喜／把生长五谷的土地亲吻"。接着，天上最具智慧的神和人间最睿智的人坐在橄榄树下，商讨接下来的计划。女神建议奥德修斯化身成一位乞讨的老者，前去寻找牧猪奴。她则飞至斯巴达，从那里召回特勒马科斯，并保证他不受求婚人的埋伏。

第十四卷，身着破衣烂衫的乞丐奥德修斯来到牧猪奴的屋前，受到了客气的欢迎。谈话中，奴隶吐露出对失踪主人的怀念和对狂妄的求婚人的憎恶。他还谈到王后的忠贞，每次有外乡人经过，王后都会用美食款待，以求得到一些丈夫的消息。奥德修斯没有暴露自己的身份，而是说起了一个虚构的故事：他是一位克里特人，出征过特洛亚，归来后云游四方，在埃及获得了些财富。但是被狡诈的歹人所骗，流

《雅典娜向奥德修斯显现伊萨卡岛》,1775年由意大利画家朱塞佩·博塔尼所作,现存于意大利帕维亚市政博物馆

落到此地。不过他在旅途中曾听到奥德修斯的消息，说他"将会返回家宅，——报复那些／在这里侮辱他的妻室和儿子的人们"。这半真半假的话打动了牧猪奴，他尽其所能招待着客人，可是对主人即将归返的消息却不敢相信。这一卷中，故事的发展似乎格外的缓慢，奥德修斯似乎也并不着急，慢悠悠讲着莫须有的故事。所谓近乡情更怯，也许在这里也适用。

第十五卷，雅典娜女神来到斯巴达，在特勒马科斯的梦中催促他早日赶回伊萨卡，但是不要直接回宫殿，而是先去牧猪奴的小屋。第二天早上（故事的第三十六天），墨涅拉俄斯和海伦准备了盛宴和华美的礼物为他送行。这时，"一只飞鸟从右边飞过／老鹰爪里抓着一只巨大的白鹅"，这是奥德修斯归返的预兆！航行了两天后，特勒马科斯赶回伊萨卡岛，船刚抛锚，在港口的天上就见到"一只鹞鹰，阿波罗的快使，双爪抓住／一只鸽子，不断把羽毛撒向地面"。同行的预言家说奥德修斯必将回到王座。一切的预兆都显示着神的眷顾，都述说着奥德修斯的归返，特勒马科斯心中无限喜悦。就在他来到牧猪奴的小屋时，《奥德赛》的两条故事线交会到了一起。

第十六卷是奥德修斯归返后的第一次"发现"。清晨，特勒马科斯在牧猪奴的小屋受到殷勤的接待，他问起老乞丐的身世，还为不能在宫中接待他表示抱歉，因为现在那里正挤满了大吃大喝的求婚人。牧猪奴离开小屋，去向王后佩涅洛佩和老英雄拉埃尔特斯报告特勒马科斯回来的消息，这时雅典娜女神褪去奥德修斯身上的法术，让他露出原本的面目。奥德修斯向儿子说出了自己真正的身份，父子终于相认,他们"大声哭泣,情感激动胜飞禽"。等激动的泪水流干,父子俩坐下开始细细筹谋,毕竟宫殿中聚集的求婚人有一百零八位,还另有许多仆从。特勒马科斯必须先回到宫殿,奥德修斯和牧猪奴紧随其后。由于奥德修斯要继续隐瞒身份,特勒马科斯必会受到求婚人的羞辱,但是目前只能暗自忍耐。他们还要设法把武器隐藏起来,并且暗中观察哪些奴仆可以重用。

在此期间,特勒马科斯回来的消息已经传遍宫城。求婚人们聚集在广场,由于之前的埋伏没有奏效,他们正群情激奋地讨论下一步对策。王后佩涅洛佩终于忍无可忍,站出来大声呵斥他们厚颜无耻、恩将仇报。

第十七卷,已经来到了故事的第三十九天。特勒马科斯出发前往宫城,向母亲汇报这一路所见所闻,只是没有把奥德修斯已经回到故乡这件事透露给她。牧猪奴和奥德修斯随后前来。在城门口,两个牧羊奴看到穷酸打扮的奥德修斯,又骂又打。奥德修斯只得强忍怒气,暂时咽下这份屈辱。进入宫殿,奥德修斯挨桌向求婚人乞讨食物,"好知道哪些人守法,哪些人狂妄无羁"。气焰狂妄的安提诺奥斯不仅不给他食物,反而拿起搁脚凳打他的肩膀。远处观望的特勒马科斯也不能发作,倒是王后佩涅洛佩留心到了乞丐,她大声斥责黑心的求婚人,并欲邀请外乡人近前,好打听关于奥德修斯的消息。经牧猪奴传话,奥德修斯约定晚间与佩涅洛佩单独谈话。

第十八卷的开篇,宴会上闯进了一个伊萨卡岛有名的穷乞丐伊罗斯。求婚人为了热闹,怂恿两个乞丐相斗,为了不暴露身份,奥德修斯稍稍露了一手便将对方打成重伤。这时，雅典娜女神精心装扮了一番王后，让她出现在求婚人面前。美貌的王后一下子便吸引了求婚人的注意，让他们想要迎娶她的愿望变得更加强烈。机智的王后趁机陈述了一番自己对丈夫奥德修斯的忠贞，表示在幼子未成年之前，自己绝不会改嫁。并指责求婚人不遵守风俗，在王宫肆意挥霍财产，却没带来聘礼。佩涅洛佩没有向任何人许下承诺，却反将求婚人一军，奥德修斯在一旁也默默赞赏妻子的才智，真是一个女版的"奥德修斯"！

王后走后，她的侍女墨兰托由于和求婚人欧律马科斯"鬼混，往来亲密"，便恶言斥责奥德修斯，欧律马科斯也对他大打出手。就在一片混乱之际，特勒马科斯以不容反驳的坚定语气出言阻止了闹剧，并要求求婚人各自回家。尽管大家听了个个"咬牙切齿 / 惊奇特勒马科斯说话竟如此放肆"，但还是听从了建议，宴席散场。

第十九卷，趁着夜色，奥德修斯和特勒马科斯将大殿中的武器都藏匿起来。终于，奥德修斯总算有机会与佩涅洛佩单独交谈，称赞她"如同一位无瑕的国王"。王后向这个"外乡人"推心置腹，述说自己之前如何设计一再推迟再嫁的时间，但现在已被求婚人们识破，被逼到绝境。她一再追问外乡人的身份，奥德修斯便又说起那个虚构的故事，还说他曾在克里特岛"见到奥德修斯，曾盛情招待他"。佩涅洛佩"边听边流泪"，"外乡人"再次强调，奥德修斯很快必归返。为表示感谢，佩涅洛佩打算以客君之礼招待他，奥德修斯推辞说只需要一位年迈的女仆为他洗脚就足够。于是，奥德修斯幼时的乳母欧律克勒娅上前来，她从奥德修斯脚上的伤疤一下认出了主人。说起那个伤疤的来历,原来奥德修斯的名字是"愤怒"的意思。也许,经过二十年漂泊回到故乡,看到家中被无耻之徒糟蹋得面目全非,妻儿日日忍受屈辱,奥德修斯的愤怒已经累计到了顶点,只需找到一个释放的机会。奥德修斯不许女仆声张,而在一旁继续慢慢安慰伤心的王后。审慎的佩涅洛佩对丈夫即将归来的消息依然不敢相信,为了特勒马科斯的安全,她决定第二天在宫殿举行射箭比赛,胜者就能成为自己未来的丈夫。殊不知,对勇武的奥德修斯来说,这就是他一直在等待的机会啊。

第二十卷,夜晚,奥德修斯不得不忍受女仆和求婚人的鬼混而难以入眠。另一边,佩涅洛佩也在梦中见到丈夫,醒来怅然若失,想到不得不另嫁他人,她痛苦地向女神情愿:"我希望你现在就用箭射中我的胸膛/把我的灵魂带走。"当金色的黎明再次来到,已经是第四十天的清晨。奥德修斯醒来,便见到了宙斯给他带来的预兆,这将是求婚人们的最后一天了!太阳升高,宫殿内一片忙忙碌碌,大家正为新的宴席做准备。牧猪奴和牧羊奴赶来献祭的牲口,他们俩对过去主人的态度截然相反,暗处的奥德修斯尽收眼底。求婚人依然狂妄地挑衅奥德修斯和特勒马科斯。有一个人怂恿特勒马科斯逼母亲改嫁,其他人则在一旁看笑话,狂笑不止。忽然,预言家看见了他们的结局:"昏冥的黑夜笼罩住你们的头脸至膝部/呻吟之声阵阵/墙壁和精美的横梁到处溅满鲜血。"大家却嗤之以鼻,将他当作疯子一样赶跑后,依然坐在餐桌上喝酒吃肉。殊不知,这顿饭,将是求婚人们最后的晚餐。

第二十一、二十二卷,迎来了全诗的最高潮。王后佩涅洛佩宣布射箭比赛开始。她哭泣着从库房中拿出奥德修斯旧年的一把弯弓。

（这把弓的来历也预示着客人将被主人杀死在桌案前）她向求婚人们宣布："如果有人能最轻易地伸手握弓安好弦／一箭射出，穿过全部十二把斧头／我便跟从他。"求婚人们起先不敢轻易尝试，特勒马科斯便怂恿他们，甚至自己还上前，差一点将弓拉引成功。于是，求婚人们一个接一个上来拉弓，但都失败了。趁其不备，奥德修斯走到院中，向忠实的仆人表明自己的身份，他吩咐他们一个叫女仆们把内厅的门关紧，无论听见什么都不能出来。另一个把外院的大门门闩上好，"用皮索把它们绑紧"，接下来，奥德修斯的复仇计划将正式开始。

回到大殿，奥德修斯自告奋勇上前拉弓，引起了求婚人们的骚动，让这么一个外乡乞丐参与竞赛，真是对大家的侮辱。这时王后出面，要求大家一视同仁，不可为难外乡来的客人，而那些肆无忌惮地损耗别人家财的人，又"何必计较这耻辱"？特勒马科斯也借机劝母亲返回内室操持家务，将接下来的事情交给自己，王后欣然听命。

奥德修斯终将弓箭拿到手中，他先是慢慢端详弓箭，对求婚人的讽刺充耳不闻，然后"轻松地给大弓安弦／弓弦发出美好的声音，有如燕鸣"。此时，求婚人脸色骤变，只听外面传来宙斯降下的响雷，奥德修斯对特勒马科斯说："现在该是给阿开奥斯人备晚餐的时候。"这声暗号一响，对求婚人的射杀便正式开始了！

第二十二卷。奥德修斯开始了清算，他首先射死了罪大恶极的安提诺奥斯。其他求婚人喧嚷一片，在四下寻找武器，可是那里"既没有盾牌，也没有坚固的长矛"。此时，奥德修斯怒气冲冲地揭露了自己的身份，要为之前的一切屈辱报仇雪恨。奥德修斯在特勒马科斯的帮助下，与殿内的求婚人展开殊死搏斗。雅典娜也幻化成人形，帮助他唤起昔日的"坚强勇力"。最后，他们仅饶恕了不得不听命于求婚人的歌人和传令官，为了叫人明白，"做善事比做恶事远为美好和合算"。

等所有的求婚人都纵横陈尸于地，奥德修斯唤来老乳母，令她命那些与求婚人厮混的女仆前来打扫大殿。随后，特勒马科斯让这些女仆和不忠的牧羊奴也命归冥府。经过火把和硫黄的熏蒸，大殿彻底干净如初。忠心的奴仆拥上前来迎接他们的老主人，个个热泪盈眶。

第二十三卷。老乳母唤醒睡梦中的王后佩涅洛佩，告诉她奥德修斯归来的好消息。审慎的王后依然不相信，还以为是求婚人惹怒了某个神灵才遭到灭顶之灾。老乳母提到了奥德修斯脚上的伤疤，一直保证自己说的是实情。王后来到大殿，和奥德修斯迎面而立，沉默不语，因为她知道"有更可靠的办法彼此相认"。为了拖延求婚人被杀的消息，奥德修斯前去沐浴更衣，吩咐大殿照常准备宴席，仿佛王后的新婚典礼照常进行。王后让老乳母将婚床移出，重新铺设。谁知奥德修斯大声反对，说他们的婚床无人能够搬动，因为那张床乃奥德修斯亲手而造，和粗壮的橄榄树一体相连，"不可能有人把它移动，除非是神明亲自降临"。一听此言，佩涅洛佩明白眼前人真是奥德修斯，因为这个秘密除了他并没有第二个人知晓。夫妻终于团圆，他们相拥在一起，"互相叙说别情"。

第二十四卷。其实故事在上一卷就已经是个大团圆的结局，但是奥德修斯杀害了那么多伊萨卡贵族子弟，也必须要有个交代，于是终卷的主题，就是和解。求婚人的亡魂在赫尔墨斯的带领下来到冥府，此时阿伽门农的亡魂正在和阿喀琉斯的亡魂讨论他们的葬礼。这里正好是个有趣的场景，把阿喀琉斯流芳百世的死、阿伽门农毫无意义的死跟求婚人罪有应得的死放在了一起。阿伽门农还再一次赞美了佩涅洛佩的美德和忠贞。同时在人间，一清早，奥德修斯、特勒马科斯和忠心的奴仆穿戴好盔甲，出城寻访奥德修斯的老父亲——老英雄拉埃尔特斯。老英雄因为思念自己的儿子，已经形容枯槁，整日闷坐在田庄内。奥德修斯还是打算先试探一下父亲，他又编了一个虚假的经历，还说自己曾见过奥德修斯，拉埃尔特斯听到儿子的名字，不禁悲从中来。奥德修斯也不忍再欺瞒，拥住父亲，说出了自己的真实身份。这是奥德修斯归返之后的最后一次"相认"，白发苍苍的老父亲总算等到儿子归来，感人至深。

然而，不久之后求婚人们被杀的消息便传遍城邦。他们的亲戚一同来到田庄，打算为亡者报仇雪恨。拉埃尔特斯老当益壮，当先杀死了领头者。正在打得不可开交之时，雅典娜化为门托尔的样子，劝止了双方的争斗："住手吧，让这场战争的双方不分胜负／免得克罗诺斯之子、鸣雷的宙斯动怒。"

最终，在女神的调停下，"双方重又为未来立下了盟誓"，伊萨卡岛恢复了往日的秩序。

坚韧、智慧、审慎与和解

与《伊利亚特》相比，《奥德赛》所要传达的主题思想似乎更具深度，坚韧、智慧、审慎、和解作为主题贯穿始终，令奥德修斯的旅程不仅在故事性上富有吸引力，更给读者带来无尽的思考和回味。《伊利亚特》歌颂的是英雄们的壮举，而《奥德赛》讲述的是凡人与命运（或者对古希腊人来说，更多的是神意）的抗争。荷马笔下的特洛亚战争看似是人世间的故事，其实战争的背后全然是神与神的角力，而在《奥德赛》的故事中，"人"成了真正的主角，面对天神的阻挠抑或帮助，作抉择的主动权总是掌握在人的手中，这一主题基调让奥德修斯的返乡之途显得格外豪情壮志。

（1）坚韧

相信看过《奥德赛》的读者，一定会被奥德修斯漫长的十年归返旅程中体现出来的坚韧而感动。坚韧，包括了坚持和忍耐两种品质，而奥德修斯就是最典型的代表。当传令神赫尔墨斯来到卡吕普索居住的奥古吉埃岛时，也不禁伫立观赏。从他的眼中，荷马让我们看到这是一个如此美丽的海上仙境：

洞穴周围林木繁茂，生长茁壮，

有赤杨、白杨和散逸浓郁香气的柏树。

各种羽翼宽大的禽鸟在林间栖息做巢，

有枭、鹞鹰和舌头极细又长的乌鸦，

还有喜好在海上翱翔觅食的海鸥。

在那座空旷的洞穴岩壁上纵横蜿蜒着

> 茂盛的葡萄藤蔓，结满累累硕果。
> 四条水泉并排奔泻清澈的流水，
> 彼此相隔不远，然后分开奔流。
> 旁边是柔软的草地，堇菜野芹正茂盛。
> 即使不死的天神来这里见此景象，
> 也会惊异不已，顿觉心旷神怡。①

日日居住在如此仙境，还有美貌的神女为伴，不愁吃喝，青春永驻的奥德修斯却整日郁郁寡欢，在海边望向远方暗自流泪。如此美好的当下，仍然不能磨灭他重返故乡的愿望，即使神女警告他"你在到达故土之前还需要经历多少苦难，那时你或许会希望仍留在我这宅邸"，他也依然选择航向未知的远方。正是有这份坚持，他才能够最终历经重重磨难，回到朝思暮想的故乡，才有了传唱无数个世纪的《奥德赛》。

而忍耐，在奥德修斯的整个归乡旅程中，处处都有体现。无论是在风浪中抱着桅杆漂泊整整几日几夜，还是在太阳神的岛上忍饥挨饿一个月，或是回到故乡之后，面对求婚人、牧羊奴、女仆的刁难和辱骂，奥德修斯都能默默承受。他是有大智慧的人，知道只有忍耐才能成就最终的胜利。在《奥德赛》中，作者不仅从正面描写，还通过其同伴们的行为进行对比，更加突出奥德修斯的坚韧品质。

---

① 《奥德赛》，第五卷，第64至75行。

他们忍不住打开风神的皮口袋，让即将结束的旅程回到了原点；耐不住饥饿杀死太阳神的神牛，最终命丧大海。无怪最终只有奥德修斯一个人归返故乡，这样的结局并不仅仅是神的旨意，更是人为自己选择的道路。

（2）智慧

无须赘述，奥德修斯的智慧在《伊利亚特》中就有所体现，在《奥德赛》中更是发挥得淋漓尽致。在第九卷独眼巨人的山洞中，若不是奥德修斯机智地回答自己叫"无人"，他们必然会被赶来询问的其他独眼巨人发现。若不是他和同伴藏身羊腹下，料他们也难逃出巨人的山洞。这样的计谋不禁让人想起《伊利亚特》中的木马计，那也同样是奥德修斯的妙计。不仅是奥德修斯，同样机智的还有他的儿子特勒马科斯、他的妻子佩涅洛佩，他们都用计谋保全了自己的性命和对丈夫的忠贞。

奥德修斯的智慧还体现在他的审时度势上。被困在奥古吉埃岛，神女问奥德修斯为何执意离开，莫非是因为眷恋家中妻子？"我不认为我的容貌、身材比不上你的那位妻子，须知凡间女子怎能与不死的神女比赛外表和容颜。"奥德修斯回答得巧妙：妻子本是凡人，自然不能与神女相比。只是自己每天怀念故土，才渴望返回家园。先称赞神女的美貌，再表达想离开并不是因为妻子，而是思念故乡，既给足对方面子，又抬高自己的目的，情商委实高超。在费埃克斯人的国度，奥德修斯也有同样的表现。面对公主，他言听计从；面对王后，他谦逊恭敬。这与原先习惯发号施令、曾掌管一方水土的国王奥德修斯有着天壤之别。正是因为他懂得在不同场合需要表现不同的姿态，才能让他得到费埃克斯人的帮助，顺利返回家乡。同样的，在诗中荷马还安排了一群愚蠢不自知的求婚人来做陪衬，如此一比，高下立现。

除了奥德修斯外，他的王后佩涅洛佩，也时刻展现出女性独有的智慧。这位王后在国王缺席的二十年中，掌管着整个城邦，不仅维持了基本的社会秩序，还牵制着一众求婚人，真可谓是女中豪杰！按照当时的婚俗，既然国王在战争结束那么多年以后都没有归来，生死杳无音信，王后改嫁也就理所当然，这也是为什么求婚人日日聚在宫殿也并没有遭到百姓反对的原因之一，王后自然也不能拒绝求婚人。但是聪慧的佩涅洛佩提出了一个合情合理的条件，等她为公公织完寿衣才能另嫁他人。纺织是当时女性唯一的社会义务，不容置喙。佩涅洛佩便利用了这一点，每天晚上将织完的布又重新拆开，就这样巧妙地将婚礼整整拖延了三年时间。当然，王后更精彩的表现还是在第十八卷，我们已经在上文中提到她如何在没有作出任何承诺的前提下，趁机从求婚人手中得到许多聘礼。这四两拨千斤的手段，着实让人佩服。

（3）审慎

"审慎的"，几乎成了王后佩涅洛佩专属的形容词。她的审慎，不仅体现出她的智慧，也是她的无奈。作为国王缺席数年，带着幼子留守宫廷的王后，佩涅洛佩的一言一行更是如履薄冰。古希腊社会，贵族妇女的首要职责是管理家中的财产，安排奴隶进行家务劳动,并且共同参与女性最重要的家庭经济工作——纺纱织布。普通女性在公共场合不能抛头露面。如果必须外出,则一定要有中年女奴陪伴。作为贵族女性,佩涅洛佩可以主持宫殿内的宴席,但是举止也不能过于张扬,否则会遭到众人非议。另外,古希腊女性没有政治话语权,女性唯一的价值是通过婚姻为丈夫传宗接代。因此,孀居多年的佩涅洛佩理应听从家中男性的安排(娘家的父亲,或者成年儿子),尽早改嫁。可想而知,想要忠于丈夫的佩涅洛佩所处的境地有多不易,诗中描写的佩涅洛佩在求婚人面前一直保持庄重、矜持的姿态,在儿子特勒马科斯面前,也常表现出低姿态,在奴仆面前,她更不能轻易表露出自己的情绪。因而,保持谨慎、沉默就成了她唯一的武器。

在老乳母告知她奥德修斯回来的消息时,佩涅洛佩多次表示不能相信,这是她性格中审慎一面的正面刻画。而站在久别重逢的丈夫面前,她并没有主动相认,而是冷静地反复考虑应该如何得体地处理这次见面,以至于在一旁的特勒马科斯责怪她"心肠一向如顽石,比顽石还坚硬",殊不知她已经想好了考验丈夫的妙计。

当然,审慎的佩涅洛佩也并不是真的铁石心肠,当她从库房中拿出奥德修斯的旧弓箭"弯身坐下,把弓套搁在自己的膝头放声哭泣",与奥德修斯相认后"热泪盈眶急忙上前,双手紧抱奥德修斯的颈脖,狂吻脸面",这些场景生动地描绘了一个情感丰富、敢爱敢恨的女性形象,让我们看到在她审慎的外表下,跳动着一颗长久被压抑的炙热的心,多么让人动容!

(4) 和解

和解，在《奥德赛》中处处有体现。首先是第五卷，海神波塞冬与奥德修斯的和解。奥德修斯刺瞎了独眼巨人后，骄傲地报上了自己的姓名，还在言语中冒犯了巨人的父亲——海神波塞冬，这才导致他的归途整整耗费了十年光阴。在离开奥古吉埃岛后，海神再次用风浪掀翻了奥德修斯制作的小筏，让他只能抱着散开的木头，脱去沉重的衣饰，奋力浮游。也许是已经平息了怒火，也许是心生怜悯，也许是有感于奥德修斯的坚持，波塞冬终于停止了对他的惩罚，返回自己的宫阙，任奥德修斯在海上漂泊，自己领受之后命运的安排。

其次是第十一卷，奥德修斯前往冥府，见到了无数亡魂，在与他们的交谈中，渐渐对自己和人生有了新的认识，继而完成与自己命运的和解。在冥府，奥德修斯见到了曾经一起战斗的同袍：阿喀琉斯、大小埃阿斯，还见到了许多古代的英雄、国王：弥诺斯、奥里昂、赫拉克勒斯。曾经荣耀一世的英雄们，到了冥府也享有同等的地位，可他们却纷纷向奥德修斯倾吐自己对生的渴望。他们的话，无疑让奥德修斯更加坚定了自己要活着回到故乡的信念。另外，他在冥府还远远看到了受尽折磨的坦塔罗斯[1]和西绪福斯[2]，而通过预言家特瑞西阿斯的口，奥德修斯终于明白，阻挡在自己和故乡之间的，

---

[1] 他怀疑神的全知全能，杀害自己的儿子并设宴款待众神，因而被罚在冥府忍受酷刑，永远无法喝水、进食。
[2] 他足智多谋、诡计多端，许多神明都上过他的当，因而被罚在冥府推动一块硕大的巨石，永远得不到解脱。

其实是人的软弱和不自知。如果他能够在刺瞎独眼巨人后不狂妄地报上姓名，如果同伴们能够约束住自己不去打开装满风的皮口袋，那么他们早就已经回到故乡了。通过这次冥府之行，奥德修斯懂得了平凡生活中什么才是值得去追求的，不再盲目地抱怨命运的不公，做到了与命运的和解。

最后是《奥德赛》的终篇，第二十四卷，伊萨卡岛上仇怨的和解。奥德修斯杀害了所有狂妄的求婚人，夺回了王权和妻子，但是故事并没有在此结束。求婚人的亲族前来为死者复仇，如果作者不作出交代的话，他们之间的冤仇将不停延续下去。毕竟在古代社会，血债血偿是通行的行事标准。幸好雅典娜女神从中调停，大声呼喊："伊萨卡人啊，赶快停止残酷的战斗，不要再白白流血，双方快停止杀戮。"她还阻止奥德修斯向敌人猛扑，以免"克罗诺斯之子、鸣雷的宙斯动怒"。这样，双方才立下盟誓，终止了无休止的残杀，恢复了原先的秩序。从主题上说，这是对故事的进一步升华。《奥德赛》不再仅仅是一部探险故事，旅途的终点不仅仅是回到故乡，夺回原属于自己的财富和荣耀，而是千帆过境后，能复归和平、宁静的生活。也许，这也饱含了作者对战争的反思。

《奥德赛》和《伊利亚特》是否同源？

如果将《奥德赛》和《伊利亚特》放在一起比较，无论是叙述手法、主题思想，再到人物、景物的细节描写，我们会发现两部作品在风格上截然不同。

首先，在叙事技巧上，《奥德赛》显得更为游刃有余。不同于《伊利亚特》中全诗按照时间顺序依次讲述发生的事件，并且每个事件环环相扣，事出有因必有果，《奥德赛》全诗开篇由奥德修斯归返和特勒马科斯寻父两条主线同时铺展开来，并在收尾处合为一体，将剧情推向最后的高潮。其间荷马还运用了倒叙和插叙的手法，许多章节单独拿出来都是一个精彩的故事。

其次，作者的高超叙述技巧还体现在对情节的取舍上。荷马擅长在冗长的事件发展过程中选择最重要的事件进行描述，其他的事件则穿插在主要事件之间。因而奥德修斯返乡的经过并不是按照时间顺序死板地记录，而是通过荷马的巧妙编排，在最后的 40 天时间内，借由奥德修斯向人们口述过往的回忆，渐渐拼凑出他这十年在海上风雨飘摇的经历。这样的处理方法使得全诗的叙述节奏张弛有度，不至于让人读来无味，还令情节悬念不断，引人入胜。

另外在人物表现方面，《伊利亚特》中所出现的角色以男性为主，几乎都是成年人，大多都是英勇的战士，同时出现的几位女性角色也表现得非常"英武"，颇有些巾帼不让须眉之势。而《奥德赛》打破了这种脸谱化的人物形象，精心描绘出一幅精彩的众生相：我们从书中认识了机智谨慎的奥德修斯、雄心勃勃的特勒马科斯、忠心耿耿的牧猪奴、轻浮浪荡的女仆、审慎忠贞的佩涅洛佩、纯真善良的瑙西卡娅。无边的海上有食人的独眼巨人和声音魅惑的海妖，坚实的陆地上有殷勤好客的国王与心怀不轨的求婚人。男女老少，上到王公贵族，下到卖艺歌手、落魄乞丐，甚至是冥府中的亡魂，每个人物都那么富有特点，令人过目难忘。

同时，《奥德赛》的场景也比《伊利亚特》复杂有趣得多。奥德修斯一路途经无数岛屿，经过许多陌生的国度，沉醉在迷人的花园中，也踏入过骇人的夺命山洞。从迷雾笼罩的阴暗地府，到觥筹交错的热闹欢饮，从黄金遍地的王宫大厦，到乡下简陋的奴隶小屋，一幕幕对比强烈的场景在作者笔下自然地转换，丝毫没有生硬的感觉。在细读《奥德赛》的时候，许多的情节设置令人感觉颇为类似现代电影蒙太奇的手法，让人不得不对作者的精妙构思啧啧称奇。

《奥德赛》在作品思想上和写作手法上的这些"进步性"，让后世的研究者们对两部史诗是否出自同一作家之手产生怀疑。但是从两部作品之间剧情的延续性、语言的程式化风格和相似的叙述方式来看，它们确实有着千丝万缕的联系。在学界占主导地位的依然是"同一性"观点。有观点认为这两部作品中，《伊利亚特》是荷马青年时期的作品，富有慷慨激昂的斗志；而《奥德塞》是荷马晚年时期的作品，更具娓娓道来的韵味。在人生阅历不断沉淀之后，《奥德赛》相较之下便显得更为成熟、更富哲理。

《奥德赛》的场景与细节描写

《奥德赛》中有许多场景的详细描写，比如之前提到过的卡吕普索那美丽富饶的海上仙岛，还有阿尔基诺奥斯那富丽堂皇的陆上宫殿，从中我们不难看出，荷马非常善于用美妙的词句描绘精致的场景、铺设宏大的场面，或是讲述惊险的境遇。也只有这样，才能让听众跟随歌者的吟唱身临其境，毕竟史诗最初是口头吟唱的。而作为当代读者，更令人印象深刻的是荷马对一些富有象征性意味的事物进行的细节描写。看似是些不重要的内容，却在无形中让整个画面变得更丰富、立体，令人回味无穷。

权杖

在古希腊社会，权杖所代表的是王权和在集体中发言的权威，因而《伊利亚特》中我们看到阿伽门农手持赫菲斯托斯精心打造的权杖，传令官们也都倚着权杖发言。手握权杖和抛下权杖这两个动作，都具有重大的意义。但在《奥德赛》中，手握权杖的并非伊萨卡岛的国王奥德修斯，而是他刚刚成年的儿子特勒马科斯，这样的处理便使得这个场景更加意味深长。

在第二卷中，年轻的特勒马科斯在雅典娜的建议下，第一次召开民众大会。"他在父亲的位置就座，长老们退让"，这是年轻的王子第一次在公众面前，要求得到自己应得的权力，向求婚人示威（求婚人也是岛上的王公贵族，他们要迎娶王后佩涅洛佩的主要目的无疑也是得到王位）。他希望求婚人停止对王宫财产无节制的消耗，尽早离开，并希望在这件事上得到公众的支持。在一番慷慨陈词之后，他做出了一个意味深长的动作，"把权杖扔到地上，忍不住泪水纵流"。年轻的王子此时抛开权杖，并不是放弃权力，而是实属无奈。身为国王的父亲离开王位长达二十年，而自己刚刚成年，不可能有父亲那样的威望，想要登上王位却缺乏民众的支持，身边更有众多政敌环伺，连自身性命都难保。因而这个抛开权杖的动作，将王子无助又无奈的情绪体现得淋漓尽致。在如此无望的环境下，特勒马科斯第一次尽力想彰显自己的权威，于是他拿起权杖，可是又力不从心地将其放下，此时的示弱姿态反而更加令人动容。于是，"人们深深同情他／整个会场寂然无声息，没有人胆敢／用粗暴无礼的言辞反驳特勒马科斯"。这一幕的伤感，就从这一个小小的动作中完全释放。

婚床

婚床的象征意义，不言而喻——婚姻、忠贞。特勒马科斯曾想象母亲的再婚，问起父母的婚床是否"已被蛛网覆盖"。大家还记得佩涅洛佩是通过什么办法和奥德修斯相认的吗？她向丈夫提出要搬动自己的婚床，奥德修斯当即表示异议，因为那张床由奥德修斯亲手打造，它在卧室中与一棵粗壮的橄榄树融为一体，没有外人能看见，更何谈搬动？这是只有夫妻二人知道的秘密，也是通过丈夫的回答，审慎的王后才最终确认面前的人是分离二十载的丈夫，喜极而泣。这扎根大地、无法搬动的婚床，正暗合着奥德修斯和佩涅洛佩之间无人能够撼动的紧密关系，以及佩涅洛佩对丈夫的忠贞不移。有趣的是，在书中其实还有一个具有讽刺意义的"婚床"细节。第八卷中，阿尔基诺奥斯在宫殿中宴请奥德修斯，请了歌者吟诗助兴，歌者唱起了一出滑稽的众神偷情闹剧——战神阿瑞斯勾引爱神阿弗洛狄忒，在她与丈夫的婚床上偷偷幽会，"玷污了大神赫菲斯托斯安眠的床铺"，于是铸造之神打造了一张"扯不破挣不开的罗网"，将两个偷情之人密密罩在床上动弹不得，令他们的丑闻人神皆知。通过这样的对比，更凸显出奥德修斯与佩涅洛佩之间难能可贵的夫妻之情。

抱膝乞求

《奥德赛》中也描绘了许多富有象征性意义的动作，在特定的场合下，它们所起的效果往往胜过语言，抱膝乞求就是其中之一。

当奥德修斯来到费埃克斯人的岛屿后，为了求得国王阿尔基诺奥斯和王后阿瑞塔的怜悯和帮助，他听从公主瑙西卡娅的建议，来到王宫后，首先跪倒在王后的面前，"伸手抱住阿瑞塔的双膝，哀求说：'我请求你们帮助我尽快回故乡/我久久远离亲人，受尽苦难和折磨。'"这个乞求的动作本身很难让人拒绝，说完奥德修斯还"坐到炉灶旁边的灰土里"，保持着极其谦卑的态度。于是在一阵沉默之后，费埃克斯人中一位博古通今的老英雄开口了："让客人在积满灰尘的灶边席地而坐，这不雅观，也不体面。"他催促国王开口，接受外乡人的求援。奥德修斯的这一番举动，逼迫国王做出回应，成功达到了自己的目的。当然，抱膝求援，并不是一个程式化的动作，因为它并非适合所有的场合。

在奥德修斯刚刚来到费埃克斯人的岛屿时，他首先遇到的是在海边嬉戏的年轻公主。彼时他赤身裸体，满身上下皆是海上漂流时留下的污渍，体面尽失，这副模样已经吓坏了公主的侍女们。如果他当时直接抱住公主的膝盖求援，势必会引起对方的反感，这样的鲁莽举动不仅达不到求援的效果，反而会冒犯年轻的姑娘，引起不必要的误会。谨慎的奥德修斯考虑再三，还是决定站在安全距离外，准备了一番恭谨、客气的说辞，并且极尽所能地夸赞了一番公主的容貌和气度。奥德修斯绅士的表现打动了公主，让她对其刮目相看，甚至芳心暗许，之后便理所当然为他准备沐浴的物品,引荐他前往王宫,向这个国家真正的主人求援。

沐浴更衣

与抱膝乞求相似的,沐浴更衣在史诗中也具有不一般的含义。《奥德赛》中就有许多沐浴更衣的场面。

第六卷中,奥德修斯在海上漂流数天后,赤身裸体地被冲上费埃克斯人的岛屿,偶遇年轻公主瑙西卡娅,公主吩咐侍女为他取来沐浴的用品,于是他"洗净后背和宽阔肩膀上海水留下的盐渍/又洗去流动的海水残留发中的污垢/待他周身洗净,仔细抹完油膏/把未婚少女给他的衣服一件件穿整齐",沐浴过后的奥德修斯"焕发俊美和风采,少女见了心惊异"。

相对应的,第十八卷中,还有佩涅洛佩梳妆的画面:女管家欧律诺墨劝佩涅洛佩"先去沐浴,双颊抹香膏",不要满面泪痕地去和特勒马科斯谈话,佩涅洛佩却说自己无心梳妆,因为已经心如死灰,"神明们早已毁掉我的容颜,自从他[1]乘坐空心船离去"。但是在睡梦中,雅典娜"用神液为她洗抹美丽的面容/使她的体格显得更高大、更丰满/使她显得比新雕琢的象牙还白皙"。天明之后,出现在众人面前的佩涅洛佩令求婚人更为倾心,因为她"容貌、身材和内心的智慧都胜过其他妇女"。

在古希腊,沐浴梳妆不仅出于自身清洁的考虑,其实更是一种社

---

[1] 此处指奥德修斯。

会性的行为。外乡客人受到主人的款待,必须先沐浴更衣净手后再入席,因为行旅之人直到洗去旅途的尘埃,才算完全适意,感到彻底被接纳。而荷马在诗中多次大篇幅地描写沐浴、更衣的细节,其实还有另一层象征性的意义。在这里,华美的衣饰和整洁的外观,其实是身份和地位的象征。奥德修斯在海上为求保命,不得不脱掉了神女所赐的衣物,到了岸上赤身裸体,让见到他的侍女吓得四散而逃。他的赤裸不仅是身体上的,也象征着他被剥夺的身份和地位。等到他沐浴更衣完毕,他至少恢复了一部分值得尊敬的身份,并且凭借自己的智慧与能力,赢得了众人的青睐,带着丰厚的奖品成功回到故乡。另一边,佩涅洛佩则是被动接受了女神对她的装扮,精致的妆容仿佛是一层铠甲,让她能周旋于求婚人之间,既赢得美名,又能全身而退。

而最精彩的细节,是在奥德修斯回到故乡以后。机智的他先是乔装成衣衫褴褛的乞丐混入宫中。这层伪装让他遭到求婚人和恶奴的各种羞辱,为保大局,奥德修斯都隐而不发。在经过一番暗中观察、精心布置之后,他最终脱去褴褛衣衫,手握弯弓,一箭箭射向那些不义的求婚人——英雄抛掉了旧的身份和屈辱,展现出自己真正的本性。

《奥德赛》中,还有许多其他富有象征意义的举动和事物,比如用宾主共餐来表现结盟,在宴席上爽快食用牛、羊肉来体现英雄气概,以及诗篇中经常出现的一些自然界奇特的征兆、迹象,并由具有语言天赋的人解读预示事件的走向。由于篇幅的关系,这里便不再一一展开。荷马用12110行的篇幅,描述了奥德修斯归返的十年奇遇,不可谓不壮阔，但是在这巨幅画面中，千丝万缕都是作者在细部所下的细腻功夫。

《奥德赛》的人物刻画

在之前我们提到，《奥德赛》中荷马描绘了一幅精彩纷呈的众生相。从神到人、从贵族到乞丐，形形色色的人物无一不传神，好比秦始皇陵兵马俑，每个兵俑皆有自己的特点，在人群之中都与众不同，令人过目不忘。兵马俑靠的是无数工匠的精雕细琢，那荷马又是如何用语言绘声绘色地刻画出那么多独特人物的呢？

从口述诗歌的传统上说，对于人物的描述其实有许多程式化的固定表述，比如"目光炯炯的女神雅典娜""神样的奥德修斯""审慎的佩涅洛佩""聪慧的特勒马科斯"等等，这些表述方式在很多时候会给人带来一种理所当然的直接印象：仿佛这个人物就是被这些形容词固定下来，任何不符合这些性格特征的举动都会显得格格不入，因而口述诗歌中的人物会给人留下刻板、脸谱化的印象。但是反观《奥德赛》中的奥德修斯，这位英武神勇的英雄有骄傲自得不顾后果的时候，也有意志消沉不知所措的时候，谨慎、机智、狡狯、傲慢、仁慈宽和、心狠手辣，这些对立的性格全集中在一个人身上，并且融合得恰到好处，仿佛就是我们身边一个活生生的人，正是这种杂糅的性格才更符合人的复杂性。这在现当代文学中也许并不是什么值得称道的地方，可是对于三千年前创作而成的史诗，在当时口述诗歌程式化的框架下，作者能如此立体地表现人物性格，则实属不易！

除了奥德修斯外，《奥德赛》中的其他人物也栩栩如生，可爱或可恨之处皆令人印象深刻。接下来我们将聚焦荷马笔下三位与奥德修斯有所纠缠的女性：魔女基尔克、公主瑙西卡娅和神女卡吕普索，看作者是如何通过描写奥德修斯与她们分别时的表现，来体现不同人物的性格与情感的。

奥德修斯在归返途中遇到的这三位女性，或妩媚或青春或温存，她们都想把他留在身旁，而奥德修斯归返的决心从未动摇，所以不得不从她们身边脱身。但对三位不同的女性，他所采取的态度和行动又是不同的。

先来看魔女基尔克。第十卷中，奥德修斯与同伴们为了躲避莱斯特律格涅斯人的追杀，逃到了基尔克所住的奥古吉埃岛。惊魂未定的同伴们被她的假意盛情所骗，放松警惕误食魔药，变成了猪猡，奥德修斯为救同伴，这才只身前往基尔克的宫殿。幸好他在赫尔墨斯的帮助下，服用了神奇的药草以抵御魔药，并抽出利剑要取她的性命，魔女这才被降服，心甘情愿请求他同登卧床共枕享欢爱，并发重誓不再谋划其他的不幸。魔女释放了奥德修斯的同伴，并请他们在岛上"尽情地吃饭、尽情地饮酒／重新恢复你们离开故乡土地时胸中原有的坚强勇气"。此时的奥德修斯还未归家心切，因而从容地在魔女的岛上整整待了一年休整队伍。魔女也信守诺言，并没有再施毒术。一年光阴转瞬即逝，直到同伴们劝说，奥德修斯才下决心离开，当他向魔女提起归返，恳求她实践自己的诺言，送他们回故乡，她连一点勉强的意思都没有，只是告诉奥德修斯首先需要完成一次前往冥府的旅程。在奥德修斯准备扬帆起航之时，魔女仅仅送来献给冥界的祭品，并且超然地从旁人身边经过,没有多说一句话。自始而终,奥德修斯与魔女都没有太多的感情羁绊,男欢女爱也只是逢场作戏,而魔女始终保持着神秘的姿态,没有任何人知道她的所思所想。基尔克的出现,在奥德修斯的旅途中只是一个短暂休整的港湾,这段充满魔幻意味的邂逅并不会对彼此产生重要的影响,离开了,便不会再见。正如奥德修斯所说:"只要神明不愿意,有哪个凡人能见到或来或往的神祇?"

而与瑙西卡娅的邂逅,则充满了浪漫色彩。在遇到奥德修斯之前的一夜,年轻的公主已经在梦中预见了自己的婚姻,因而在海滩遇到的这个神一般的男子,必定在姑娘心中投射下了爱情的影子,她不禁对侍女们说:"我真希望有这样一个人在此地居住/做我的夫君。"面对眼前纯真善良的姑娘,奥德修斯变得格外庄重知礼,殷勤地夸赞她的容貌和品行,当然奥德修斯也有自己的打算,他必须先赢得公主的支持,才能进入王宫,求得傲慢的费埃克斯人的帮助。公主建议他不要与自己一同回到王宫,因为她害怕被人看见说闲话,以为公主自行找了个外乡人做丈夫,而拒绝本国高贵子弟的求婚,这在骄傲的费埃克斯人看来是不可容忍的。年轻的公主还说自己若"未正式缔姻缘/竟自行同男子交往",是对父母大不敬的行为。大家都知道恋爱中的女孩往往爱说反话,但从这几句,就能看出公主已经对奥德修斯颇有意思。到了王宫后,就连国王都有意将公主许配给奥德修斯,但是奥德修斯终究是要回到自己的妻子身边,公主的一片深情也不能阻挡他回去的脚步。于是,在宴席的间歇,公主与他做了最后的告别:"你好,客人,但愿你日后回到故乡/仍能记住我,因为你首先有赖我拯救。"语气中的哀婉非常动人。奥德修斯回答："我将会像敬奉神明那样敬奉你／一直永远，姑娘，因为是你救了我。"无疑，奥德修斯对她多是感激，正是他们的相遇，才让奥德修斯从费埃克斯人那里得到珍贵的援助，结束了海上的最后一段漂泊。

而在卡吕普索的仙岛，奥德修斯度过了七个年头。神女对他情意绵绵，不惜顶撞天神的旨意，也要留他做夫婿，可是奥德修斯却日日"泪流不断，消磨着美好的生命／用泪水、叹息和痛苦折磨自己的心灵"。终于，在赫尔墨斯以宙斯震怒的威胁下，卡吕普索只得放奥德修斯归返。谨慎的奥德修斯起先还担心神女或许"别有他图"，卡吕普索听完微笑，说自己"也有正义的理智，我胸中的／这颗心灵并非铁铸，它也很仁慈"。之后的分别场面，便描述得细腻动人。神女想要最后挽留奥德修斯，也要挽回自己的尊严，于是问起奥德修斯在经历苦难和长生不老面前，宁愿选择前者，是否因为家中的妻子在外表和容颜上胜过自己。这是个很棘手的问题，此时的奥德修斯为所有面临此等难题的男性同胞们贡献出了一个满分答案：他的妻子自然比不上卡吕普索，因为一个凡人怎能与神女相比。自己之所以要离开，只是因为心中难以割舍故土。机智的回答，保全了卡吕普索的面子，也让自己离开的愿望显得更加正义。在这里，其实卡吕普索隐瞒了放奥德修斯离开的真正原因，她没有向他提及天神的旨意和自己的不情愿，而是将这个决定归为自己的好心肠。真正难舍的感情，也许是很难说出口的。

与爱人的分别，往往是文学作品中经久不衰的主题。情绪化的场景，本意是体现人物的不同性格。《奥德赛》中的三场分别，让我们看到了三种截然不同的女性：老于世故的基尔克无疑最为潇洒，因为他们的相遇本就是逢场作戏，没有什么理由需要拖延下去；满怀希望的瑙西卡娅失望最深，只能望着奥德修斯远去，只求自己在他心中留下些许痕迹；而爱意沉沉的卡吕普索无疑是最痛苦的那个，但是出于尊严，她选择将所有的感情埋在心里。三位女性代表了旅途中的快乐、苦难中的避风港，奥德修斯本可以选择留下，纵情于声色，但每次他都坚定地选择了离开。这无疑表现出他不可征服的归家决心，也是《奥德赛》的核心主题。

对于相似场景的不同处理方式，作者得以刻画出栩栩如生的人物形象，同时进一步强化了主题，这便是荷马的高明之处！

《奥德赛》的文学价值和社会意义

两部史诗自诞生以来，经无数人传唱，很快成为古希腊最受欢迎的口述诗歌作品。在公元前6世纪，经希腊城邦立法者梭伦提议，将口述诗歌记录成册，以便在最重要的宗教节日——泛雅典娜节上为大众朗诵。从此以后，这两部史诗在古希腊乃至之后的西方文学世界享有极高的赞誉。后世的评论者认为在荷马史诗的创作年代，没有任何文学作品能够如此成熟、完整和深刻，它们代表了当时文学创作的巅峰，而它们的作者荷马被认为是西方文学的开山鼻祖，在其之后的艺术创作，都会以荷马史诗为评价标准被拿来品评。

《奥德赛》是一个将古代民俗故事与航海传奇两个主题有机结合

的作品。在《奥德赛》问世之前，这两个主题在民间文学创作领域已经广泛存在。前一个主题更加接近世俗生活，讲述一个男人因为各种原因背井离乡多年，他的生死无人知晓，家中妻子被许多人追求，或是已经改嫁，而主人公回到故乡后会采取各种手段展开复仇，夺回属于自己的一切。这种流浪 – 归返 – 复仇的情节模式相当经典，孕育了无数文学作品，比如后世的《基督山伯爵》等。后一个主题则不乏宏大、奇幻的场面。航海传奇可以追溯到公元前 2000 年，随着希腊克里特岛的海上霸权不断发展，这个文学主题应运而生。在这些航海故事中，往往只有主人公一人能够在风浪、船难中逃生，他孤独的海上漂流往往伴着奇幻的发现和从天而降的财富。当然这个母题并非古希腊独有，在古印度、古代波斯和阿拉伯文学中都有它的身影，奥德修斯也可以说是一个辛巴达式的航海家。《奥德赛》把这两大传统文学主题捏合在一起，并在传统故事框架中发掘出新的主题：关于人与自然的对峙、人与命运的和解。《奥德赛》的出现，无疑架起一道横跨过去与未来的桥梁，不仅丰满了传统文学母题，更为之后的文学创作开启了新的道路，提供了取之不尽的素材与空间。

取材于《奥德赛》母题的文学、艺术作品，时间跨度从古罗马时期一直延续至今，其中不乏经典，我们在导言中已经列举过不少，在此不再赘述。但是有两部现代作品，值得我们花些时间去了解：一部是加拿大女作家玛格丽特·阿特伍德的女性主义小说《佩涅洛佩传》，另一部则是爱尔兰作家詹姆斯·乔伊斯的意识流巨著《尤利西斯》。它们的共同点是将《奥德赛》中的关键人物放在现代视角下解构重组，但是侧重点不同。《佩涅洛佩传》中，作者巧妙地重新编织了《奥德赛》的故事，以独特的女性视角审视了佩涅洛佩在奥德修斯的归返中扮演的角色，推翻了千百年来男权社会对理想型女性的臆想，让佩涅洛佩摆脱那副贤惠、贞洁的教科书一般的面具，重新变成一个思想独立、灵魂自由的女人。和其他当代女性小说不同的是，这是一部从现代女性视野，回望古代女性生活和情感的独特作品，是对女性整体命运的探究和归纳。

《尤利西斯》中的主角，则完全脱胎于《奥德赛》中的奥德修斯，只是使用了他的拉丁语名字。但是这位现代版的奥德修斯平庸琐碎的生活与《奥德赛》中的传奇经历形成了鲜明的对比，令整个故事从一开始便带上了一种深沉的悲剧色彩。而《尤利西斯》的章节和内容也经常和荷马史诗《奥德赛》平行对应。乔伊斯将布卢姆在都柏林街头的一日游荡比作奥德修斯的海外十年漂泊，同时刻画了奥德修斯 – 佩涅洛佩 – 特勒马科斯之间的另一种"经典关系"。男主人公布鲁姆从史诗中的正统英雄，变为现代城市的反英雄，其子的夭折标志着父权形象的丧失；布鲁姆的妻子摩莉则对应史诗中的佩涅洛佩，从聪慧贞洁的妻子变成了一个庸常和淫荡的综合体，象征着想要摆脱传统家庭形象的现代女性，却最终无法摆脱男性话语体系的束缚；儿子斯蒂芬对应了史诗中的特勒马科斯，与史诗中的年轻王子相似的是，他有家不回，希望寻找精神上的父亲的心理，代表了在精神上茫然追寻的年轻一代。但是斯蒂芬和布鲁姆一样，依然生活在现实和理想的夹缝之中。

除了文学,在诗歌、绘画、雕塑、戏剧等各个艺术领域,我们也常能看到奥德修斯的身影,甚至近年来热门的电子游戏,都贴上了"奥德赛"的标签。比如"刺客信条:奥德赛",以及"超级马里奥:奥德赛",这似乎变成了现在孩子们对《奥德赛》的最初认知。这些从古代经典汲取养分所诞生的现代解读,既保留了历史的沉淀,又绽放出新的时代魅力。

学人们不断研究、分析和解读《奥德赛》,也帮助我们更加了解那个久远的、神秘的、只能从考古挖掘与瓦罐残片中拼凑出的黑暗时代[①]。尽管文学创作有一定的幻想成分,但是既然它一问世就能被广泛接受和喜爱,就说明史诗中一定体现了与当时社会一致的价值观、生活方式与处世哲学。从《奥德赛》中,我们能一窥当时古希腊世界的政治制度、经济发展、宗教习俗与社会风貌,因而它也成为考古学家、历史学家研究地中海黑暗时代人文、历史背景的一个重要参照物。从费埃克斯人的篇章中,我们了解古希腊的航海传统和海上贸易的欣欣向荣;从一场一场的宴席、歌者的吟咏中,我们寻觅古希腊的宴饮、食物、文化和娱乐生活;从海伦、阿瑞塔和佩涅洛佩的话音中,我们领悟贵族女性的社会地位和家庭义务;从一次次对神的献祭中,我们见识古希腊的宗教信仰和风俗习惯。《奥德赛》中包含的庞杂又具体的信息,值得人们一次一次翻开书页。而每一次的阅读,都会获得新

[①] 古希腊的黑暗时代:指公元前1100年到前800年,由于还没有发明文字,因而对那个时期的认识,只能通过考古发掘进行推断。

的感受。

不得不承认,《奥德赛》中的幻境与现实、美梦与磨难、坚持与放弃、复仇与和解,无论跨越多少个世纪,都将保有旺盛的生命力,因为奥德修斯所代表的睿智、勇敢和坚韧,即使在今时今日,都是我们每个人生命航程中不可或缺的精神力量。正如希腊诗人卡瓦菲斯在他的诗作《伊萨卡岛》中所说:

当你启程前往伊萨卡

但愿你的旅途漫长,

充满冒险,充满发现。[1]

---

[1] 黄灿然译。

PART 3

荷马史诗在中国

荷马史诗在中国的译介之路

早在 20 世纪初期，荷马史诗就以选译、史评结合等方式出于茅盾、戈宝权、郑振铎、王希和、高歌、谢六逸、徐迟等人之手，但是他们的选译或评注都是以英文版本进行译介，且篇幅简短不成体系，与希腊文诗体结构相差甚远。

1934 年，商务印书馆出版了傅东华先生根据考珀的英译本，参考蒲柏、布彻、帕尔默三个译本转译的《奥德赛》（上、中、下册），虽然译本不够准确，风格与原著也差异较大，但这是荷马史诗第一次完整地进入中国读者的视野，对大家了解古希腊史诗及荷马起到了重要的作用。

随着新中国的成立，1956 年"百花齐放、百家争鸣"方针的提出，

大理石浮雕《荷马的封神仪式》，约公元前2世纪由普利内的阿尔赫拉奥斯所作，现存于大英博物馆。浮雕右下角王座上的是荷马，他身后站着拟人化的《伊利亚特》与《奥德赛》，他正接受代表了智慧、美德、信念、记忆的各位女神的献祭。浮雕上部宙斯正在欣赏这一盛举进一步促进了思想解放,这一时期我国对于欧洲古典文学作品的阅读热情一下子迸发出来,于是荷马也在这一时期被大量译介、研究。

1979 年,上海译文出版社出版了杨宪益先生在 1964 年根据英国洛埃伯丛书的古希腊原文翻译的《奥德修纪》。

20 世纪 80 年代,我国著名古希腊语专家罗念生先生,在其 80 岁高龄之时依据洛埃伯丛书的古希腊文诗体本,着手对荷马史诗进行全面翻译。1989 年 10 月,相继译出《伊利亚特》1—9 卷和第 24 卷,第 10 卷译到第 475 行的时候,由于身体原因无法进行下去,其后的译文工作由同样精通古希腊语的王焕生先生来完成。王焕生在完成了《伊利亚特》的翻译工作后,继续发力,翻译出了《奥德赛》,并由人民文学出版社出版。

20 世纪 90 年代,国内《荷马史诗》的译介和研究进入了一个新的阶段,1994 年、1995 年,花城出版社相继出版了陈中梅根据古希腊语原文翻译的《伊利亚特》和《奥德赛》,并获得 1998 年全国优秀外国文学图书一等奖。

值得一提的是,以上所说的译本均为《荷马史诗》的经典译本,均达到全书翻译、文学性强,且贴近原作的标准。面对的读者群体为研究西欧古典文学、艺术等相关工作的专业人士、学者和相关专业的青年学生,主要用于学术研究。但是几个译本也有不同:傅先生、杨先生的译文为散文体,据杨先生 1964 年 4 月写的译文序,他之所以选择散文形式翻译,理由是"原文的音乐性和节奏性在中文译文中反正是无法表达出来的,用散文翻译也许还可以使人欣赏古代艺人讲故事的本领"。杨宪益先生译本只有第1卷的前10行保留了原文形式,其他都用散文进行表现。因而全文流畅、自然、读来富有趣味。而罗念生、王焕生、陈中梅三位先生的译本则通篇采用诗体结构,王焕生先生更是采用六音步新诗体,做到译文与原诗尽可能对行,行文力求保持原始朴实、流畅又严谨、凝练的风格[1]。而陈中梅先生的译本还增加了丰富的注释,非常具有研究价值。

21世纪以来,随着翻译理念和文学观念的转变,外国文学的译介逐渐向通俗化、普及化发展。在2005年后,又出现了《荷马史诗》的其他普及本译本:2007年由刘静翻译,长江文艺出版社出版的《奥德赛》;2010年由曹鸿昭翻译,吉林出版集团有限责任公司出版的散文体《荷马史诗》;2012年由智杰翻译,新疆美术摄影出版社出版的少儿版《奥德赛》。经典的不断重译,一方面体现了国内研究者对史诗研究的不断深入,另一方面,也归功于荷马史诗那经久不衰的文学魅力。

---

[1] 见王焕生,《荷马史诗·奥德赛》译本序。

荷马史诗在中国的研究概况

欧洲学界对荷马史诗的研究从古希腊时期开始，延续至今，对于史诗的解读与荷马问题的探讨经久不息。由于国情不同，荷马史诗在中国的研究之路虽起步较晚，但是硕果颇丰。

在20世纪五六十年代，对于荷马史诗的研究主要集中在主题研究和艺术魅力研究方面。牛庸懋在其发表的《略论荷马及其"伊利亚德"与"奥德赛"》中分析了《奥德赛》中副线的运用，"使读者很紧张地企待着故事的大团圆，预感到奥德赛的必然胜利和公理的必然恢复。单单这一点就足以证明一个伟大诗人的存在及其深刻的构思与高度的艺术技巧。"[①]当然，受当时的国内政治环境影响，对史诗的研究大多是站在阶级的立场下完成的，具有鲜明的批判性色彩。如1978年李忠星在《外国文学研究》杂志上发表的《〈伊利亚特〉浅论》，引用了《共产党宣言》中的语句："一切能成文的社会历史，都属于阶级斗争的历史。"从而提出《伊利亚特》的思想内容中流露出强烈的阶级性，表现出了奴隶主的思想意识。[②]

进入20世纪80年代，随着改革开放政策的全面铺开，"解放思想"的春风吹遍神州大地，政治、经济环境的松绑让文化层面有了新的发展与突破，国内对史诗的研究也走上更全面、更深刻的轨道。1980年间，

[①] 牛庸懋.略论荷马及其"伊利亚德"与"奥德赛"[J].开封师范学院学报,1957(00):21-41.
[②] 李忠星.《伊利亚特》浅论[J].外国文学研究,1978(02):52-57.

罗念生先生在世界古代诗词讨论会上做了题为《荷马问题及其他》的发言,之后刊载于《世界古代史论丛》中,并在1982年由生活·语言·新知三联书店发行。罗老的发言,不仅包括史诗的内容、"荷马问题",还涉及文学、戏剧乃至修辞学等多个领域,对荷马史诗在中国的传播起到了关键的作用。1983年,陈洪文编定了《荷马和〈荷马史诗〉》一书,本书主要面向大众普及荷马生平以及荷马史诗的主要内容,让荷马史诗的读者群不再仅限于文学、历史研究者,而是吸引了更多的普通读者。除此之外,还有两篇具有较高学术价值的论文:1984年吴安德教授发表的《〈诗经〉与荷马史诗》,开创了荷马史诗与中国文学的比较文学研究之路;以及1986年汪连兴教授撰写的《从荷马史诗看"荷马时代"的希腊社会性质》。可见,对于史诗的研究不再局限于文学史和艺术层面。

进入20世纪90年代,学界对于荷马史诗的研究热情空前高涨,其中比较值得关注的期刊论文有:复旦大学王小曼教授发表的《中西诗歌精神差异辨言——从〈诗经〉与〈荷马史诗〉谈起》[1]、福建师范大学的吴瑞裘先生撰写的《〈伊利亚特〉与〈诗经〉中的至上神比较》[2]、北京师范大学李万钧教授发表的《〈史记〉与荷马史诗——中西长篇小说源头比较》[3]、北京大学黄洋撰写的《迈锡尼文明、"黑

---

[1] 王小曼.中西诗歌精神差异辨言——从《诗经》与《荷马史诗》谈起 [J].赣南师范学院学报,1991(04):37-43.
[2] 吴瑞裘.《伊利亚特》和《诗经》中的至上神比较 [J].外国文学研究,1992(03):89-94.
[3] 李万钧.《史记》与荷马史诗——中西长篇小说源头比较 [J].文艺研究,1993(06):68-77.

暗时代"与希腊城邦的兴起》[1]、胡真才发表的《一曲英雄主义的赞歌——介绍荷马史诗〈伊利亚特〉》[2]。以上几篇学术论文分别从比较文学、社会史和文学角度对荷马史诗展开研究。除此之外，1994年由罗青撰写的《荷马史诗研究》，也对荷马史诗进行了细致入微的剖析与阐释。

另外，在荷马史诗研究领域不得不提的是中国社科院外国文学研究所的陈中梅教授，他不仅用诗体翻译了《伊利亚特》和《奥德赛》，在译本中还添加了大量详尽的注释，帮助普通读者更好地理解这套皇皇巨著。除了译本，他还出版了大量学术专著：如《荷马史诗研究》（上、中、下卷）（2010，译林出版社）、《神圣的荷马》（2008，北京大学出版社）、《荷马的启示——从命运观到认识论》（2009，北京大学出版社），超过百万字的著作，可谓是国内对荷马研究最具体、最全面的宝库。

除了学术研究，近年来国内对于荷马史诗的普及类著作也层出不穷，其中最值得推荐的，是海南大学程志敏教授于2007年出版的《荷马史诗导读》，该书内容翔实，脉络清晰，完整、系统地介绍了两部史诗的情节、荷马其人和荷马史诗文件编纂的历史研究以及史诗写作的手法与结构，并在文末详细整理了史诗的学术资料综览。

---

[1] 黄洋.迈锡尼文明、"黑暗时代"与希腊城邦的兴起[J].世界历史.2010(3):32–41.
[2] 胡真才.一曲英雄主义的赞歌——介绍荷马史诗《伊利亚特》[J].外国文学.1995(05):92–94.

荷马史诗对中国文学和社会发展的影响

正如前述，荷马史诗真正进入中国读者视野是在20世纪50年代。由于当时特殊的政治环境，当时中国对外国文学的译介主要集中于苏联文学和其他社会主义国家文学，而荷马史诗作为为数不多的西方古典文学作品，在中国能够受到广泛传播，离不开马克思对其的高度评价。马克思将荷马史诗誉为"高不可及的范本"，这才得以令当时的读者在较为单一的红色文学主题中欣赏到截然不同的文学风格。荷马史诗带着极强的艺术感染力和人文关怀，填补了当时的审美期待，让读者能从枯燥的现实中跳脱出来，进入一个宏大的想象空间。那些生活在遥远大陆、遥远年代的英雄，他们身上发生的故事、经历的冒险，史诗中壮阔的英雄主义赞歌、如诗如画的海上幻境和不畏艰险的坚韧精神，共同丰富了中国读者的精神世界。

改革开放后，无数的西方文学、艺术作品通过译介进入中国，年轻读者对于西方思想文化充满好奇和热情。此时的荷马史诗对读者来说，则是打开西方艺术宝库的钥匙。作为欧洲文学的发端之作，以及文艺复兴的重要母题，荷马史诗为欧洲艺术创作提供了无数的灵感，因此每一个醉心于欧洲文艺的人，都会将目光投向荷马史诗，从中找寻艺术的源泉。

荷马史诗的艺术魅力不仅深刻影响了西方的艺术创作，同时也为中国的艺术创作增添了灵感。余光中的《犹力西士》就是一个典型的例子：诗人将正在美国留学的自己当作在外漂泊的奥德赛，心中所想只有日夜思念的故乡。正如罗青在《荷马史诗研究——诗魂贯古今》一书中所言:"荷马的史诗,不但是古典文学的瑰宝,同时也是现代文学的灵泉;不但是外国诗人的养分,也可为中国诗人的借镜,万古长青,不断地激发我们的想象力;向外,探索现在、过去、未来;向内,直入我们灵魂的深处。"[1]

除了艺术上的影响,荷马史诗在思想上也对当代社会有所触动。荷马史诗中跨时代的一些反战思想、女性主义思想,正契合了当代的价值观。学界对于这两方面的研究成果更解释了缘何创作于公元前的史诗,至今依然吸引着无数的读者。在张月超编著的《欧洲文学论集》(1981,江苏人民出版社)中就写道:"《奥德赛》里面某一种程度的悲苦情绪是一种人民厌倦战争,渴望和平的心理反应。"陈戎女在其所著的《荷马的世界——现代阐释与比较》[2]中以女性主义的视角分析佩涅洛佩:"佩涅洛佩的女性形象溢出了文本表面的贞洁贤妻的普通家庭妇女形象,从此,女性在希腊文学中的表现也不再只是非贤妻即荡妇的两个极端。荷马主要是借助这个形象,表达了一种复杂和模棱两可的女性主义观念:《奥德赛》中的女性积极地在她们与男性的世界里构织自己的权利,发出自己的声音,但这些派发给女性的权利和声音最后被(以奥德修斯为代表的)男性坚决地否定。通过诗中男人对佩涅洛佩的微妙态度和评价,荷马表现出男性世界对她这样品

---

[1] 罗青.荷马史诗研究——诗魂贯古今[M].台湾:学生书局,1994.
[2] 陈戎女.荷马的世界——现代阐释与比较[M].北京:中华书局,2009.

性卓越的家庭女子、女性主义的'英雄'即赞扬又漠视的暧昧态度。"但是即便如此,佩涅洛佩的存在,仍然使荷马史诗在表现古希腊女性主义方面达到了巅峰。

另外,荷马史诗与中国古典文学的比较研究的不断深入,也让中国和西方的文学研究在新的层面不断拓展。荷马史诗与《诗经》《山海经》《史记》《左传》《离骚》《三国演义》《西游记》《江格尔》《格萨尔》的比较研究,都有数量惊人的研究成果。这些论文、专著的问世,对于促进中国文化和西方文化的相互理解功不可没。而以文学研究为支点所铺展开来的跨文化研究和国别区域研究,更将施惠中西之间的文化互通与交流。

PART 4

荷马史诗
经典名段选摘

《伊利亚特》[①]第 5 卷第 528—532 行：
关于勇气和荣誉

ὦ φίλοι ἀνέρες ἔστε καὶ ἄλκιμον ἦτορ ἕλεσθε,
ἀλλήλους τ' αἰδεῖσθε κατὰ κρατερὰς ὑσμίνας·
αἰδομένων ἀνδρῶν πλέονες σόοι ἠὲ πέφανται·
φευγόντων δ' οὔτ' ἄρ κλέος ὄρνυται οὔτε τις ἀλκή.

朋友们，要做男子汉，心中要有勇气，
在激烈的战斗中每个人要有羞耻之心，
　　有羞耻之心的人得保安全而不死，
　逃跑者既得不到荣誉，又无得救可能。

[①]《伊利亚特》中译文摘自：(古希腊) 荷马.伊利亚特, 罗念生、王焕生译.北京：人民文学出版社，2017；古希腊语版摘自在线资源：https://el.wikisource.org/wiki/%CE%99%CE%BB%CE%B9%CE%AC%CF%82.

《伊利亚特》第 6 卷第 146—149 行：
关于凡人或英雄的生死更替

οἵη περ φύλλων γενεὴ τοίη δὲ καὶ ἀνδρῶν.
φύλλα τὰ μέν τ' ἄνεμος χαμάδις χέει, ἄλλα δέ θ' ὕλη
τηλεθόωσα φύει, ἔαρος δ' ἐπιγίγνεται ὥρη·
ὣς ἀνδρῶν γενεὴ ἣ μὲν φύει ἣ δ' ἀπολήγει.

正如树叶的枯荣，人类的世代也如此。
秋风将树叶吹落到地上，春天来临，
　林中又会萌发，长出新的绿叶，
　人类也是一代出生，一代凋零。

《伊利亚特》第 9 卷第 315—322 行:
阿基琉斯(又译阿喀琉斯)对荣誉分配不公平的怨怼

οὔτ' ἔμεγ' Ἀτρεΐδην Ἀγαμέμνονα πεισέμεν οἴω
οὔτ' ἄλλους Δαναούς, ἐπεὶ οὐκ ἄρα τις χάρις ἦεν
μάρνασθαι δηΐοισιν ἐπ' ἀνδράσι νωλεμὲς αἰεί.
ἴση μοῖρα μένοντι καὶ εἰ μάλα τις πολεμίζοι·
ἐν δὲ ἰῇ τιμῇ ἠμὲν κακὸς ἠδὲ καὶ ἐσθλός·
κάτθαν' ὁμῶς ὅ τ' ἀεργὸς ἀνὴρ ὅ τε πολλὰ ἐοργώς.
οὐδέ τί μοι περίκειται, ἐπεὶ πάθον ἄλγεα θυμῷ
αἰεὶ ἐμὴν ψυχὴν παραβαλλόμενος πολεμίζειν.

我看阿特柔斯的儿子阿伽门农
劝不动我,其他的达那奥斯人也不行,
因为同敌人不断作战,不令人感谢,
那待在家里的人也分得同等的一份。
胆怯的人和勇敢的人荣誉同等,
死亡对不勤劳的人和非常勤劳的人
一视同仁。我心里遭受很大的痛苦,
舍命作战,对我却没有一点好处。

《伊利亚特》第12卷第310—316行：
关于权利与义务的关系

Γλαῦκε, τίη δὴ νῶϊ τετιμήμεσθα μάλιστα
ἕδρῃ τε κρέασίν τε ἰδὲ πλείοις δεπάεσσιν
ἐν Λυκίῃ, πάντες δὲ θεοὺς ὣς εἰσορόωσι,
καὶ τέμενος νεμόμεσθα μέγα Ξάνθοιο παρ' ὄχθας,
καλὸν φυταλιῆς καὶ ἀρούρης πυροφόροιο;
τὼ νῦν χρὴ Λυκίοισι μέτα πρώτοισιν ἐόντας
ἑστάμεν ἠδὲ μάχης καυστείρης ἀντιβολῆσαι.

格劳科斯啊，为什么吕底亚人那样
用荣誉席位、头等肉肴和满斟的美酒
敬重我们？为什么人们视我们如神明？
我们在克珊托斯河畔还拥有那么大片的
密布的果园、盛产小麦的肥沃土地。
我们现在理应站在吕底亚人的最前列，
坚定地投身于激烈的战斗，毫不畏惧。

《伊利亚特》第 13 卷第 276—287 行：勇士与懦夫的区别

εἰ γὰρ νῦν παρὰ νηυσὶ λεγοίμεθα πάντες ἄριστοι
ἐς λόχον, ἔνθα μάλιστ᾽ ἀρετὴ διαείδεται ἀνδρῶν,
ἔνθ᾽ ὅ τε δειλὸς ἀνὴρ ὅς τ᾽ ἄλκιμος ἐξεφαάνθη·
τοῦ μὲν γάρ τε κακοῦ τρέπεται χρὼς ἄλλυδις ἄλλῃ,
οὐδέ οἱ ἀτρέμας ἧσθαι ἐρητύετ᾽ ἐν φρεσὶ θυμός,
ἀλλὰ μετοκλάζει καὶ ἐπ᾽ ἀμφοτέρους πόδας ἵζει,
ἐν δέ τέ οἱ κραδίη μεγάλα στέρνοισι πατάσσει
κῆρας ὀϊομένῳ, πάταγος δέ τε γίγνετ᾽ ὀδόντων·
τοῦ δ᾽ ἀγαθοῦ οὔτ᾽ ἄρ τρέπεται χρὼς οὔτέ τι λίην
ταρβεῖ, ἐπειδὰν πρῶτον ἐσίζηται λόχον ἀνδρῶν,
ἀρᾶται δὲ τάχιστα μιγήμεναι ἐν δαΐ λυγρῇ·
οὐδέ κεν ἔνθα τεόν γε μένος καὶ χεῖρας ὄνοιτο.

但愿现在把首领们都召到船边设伏，
一个人的勇气最能在设伏中清楚体现，
谁是懦夫，谁是勇士，一目了然。
设伏时懦夫的脸色会不断改变，
畏怯的心灵在胸中惶恐得不能安定，
他不断变换坐姿，时时用双腿曲蹲，
思虑着面临的死亡，那颗激动的心脏
在胸膛里跳个不停，牙齿碰得咯咯响。
勇敢者脸色不变，也不会惧怕过分，

他只盼望能尽快投入激烈的战斗，
人们绝不会轻视你的勇气和力量。

《伊利亚特》第 18 卷第 107—125 行：
阿基琉斯得知好友死讯后放下仇怨，坦然迎接自己死亡的命运，
选择短暂但有荣誉的人生

ὡς ἔρις ἔκ τε θεῶν ἔκ τ' ἀνθρώπων ἀπόλοιτο
καὶ χόλος, ὅς τ' ἐφέηκε πολύφρονά περ χαλεπῆναι,
ὅς τε πολὺ γλυκίων μέλιτος καταλειβομένοιο
ἀνδρῶν ἐν στήθεσσιν ἀέξεται ἠΰτε καπνός·
ὡς ἐμὲ νῦν ἐχόλωσεν ἄναξ ἀνδρῶν Ἀγαμέμνων.
ἀλλὰ τὰ μὲν προτετύχθαι ἐάσομεν ἀχνύμενοί περ,
θυμὸν ἐνὶ στήθεσσι φίλον δαμάσαντες ἀνάγκῃ·
νῦν δ' εἶμ', ὄφρα φίλης κεφαλῆς ὀλετῆρα κιχείω,
Ἕκτορα· κῆρα δ' ἐγὼ τότε δέξομαι, ὁππότε κεν δὴ
Ζεὺς ἐθέλῃ τελέσαι ἠδ' ἀθάνατοι θεοὶ ἄλλοι.
οὐδὲ γὰρ οὐδὲ βίη Ἡρακλῆος φύγε κῆρα,
ὅς περ φίλτατος ἔσκε Διὶ Κρονίωνι ἄνακτι·
ἀλλὰ ἑ μοῖρα δάμασσε καὶ ἀργαλέος χόλος Ἥρης.
ὣς καὶ ἐγών, εἰ δὴ μοι ὁμοίη μοῖρα τέτυκται,
κείσομ' ἐπεί κε θάνω· νῦν δὲ κλέος ἐσθλὸν ἀροίμην,
καί τινα Τρωϊάδων καὶ Δαρδανίδων βαθυκόλπων

ἀμφοτέρῃσιν χερσὶ παρειάων ἀπαλάων
δάκρυ' ὀμορξαμένην ἁδινὸν στοναχῆσαι ἐφείην,
γνοῖεν δ' ὡς δὴ δηρὸν ἐγὼ πολέμοιο πέπαυμαι.

愿不睦能从神界和人间永远消失，
还有愤怒，它使聪明的人陷入暴戾，
它进入人们的心胸比蜂蜜还甘甜，
然后却像烟雾在胸中迅速鼓起。
人民的首领阿伽门农就这样把我激怒。
但不管心中如何痛苦，过去的事情
就让它过去吧，我们必须控制心灵。
我现在就去找杀死我的朋友的赫克托尔，
我随时愿意迎接死亡，只要宙斯
和其他的不死神明决定让它实现。
强大的赫拉克勒斯也未能躲过死亡，
尽管克罗诺斯之子宙斯对他很怜悯，
但他还是被命运和赫拉的嫉恨征服。
如果命运对我也这样安排，我愿意
倒下死去，但现在我要去争取荣誉，
让腰带低束的特洛亚的和达尔达尼亚的妇女们
痛苦地伸开双手，不断地从柔软的两颊
往下抹泪水，痛苦得不住地放声痛哭，
让她们知道我停止战斗的时日有多长。

《伊利亚特》第 20 卷第 490—503 行: 阿基琉斯在战场上的作战雄姿

Ὡς δ' ἀναμαιμάει βαθέ' ἄγκεα θεσπιδαὲς πῦρ
οὔρεος ἀζαλέοιο, βαθεῖα δὲ καίεται ὕλη,
πάντη τε κλονέων ἄνεμος φλόγα εἰλυφάζει,
ὣς ὅ γε πάντη θῦνε σὺν ἔγχεϊ δαίμονι ἶσος,
κτεινομένους ἐφέπων· ῥέε δ' αἵματι γαῖα μέλαινα.
ὡς δ' ὅτε τις ζεύξῃ βόας ἄρσενας εὐρυμετώπους
τριβέμεναι κρῖ λευκὸν ἐϋκτιμένῃ ἐν ἀλωῇ,
ῥίμφά τε λέπτ' ἐγένοντο βοῶν ὑπὸ πόσσ' ἐριμύκων,
ὣς ὑπ' Ἀχιλλῆος μεγαθύμου μώνυχες ἵπποι
στεῖβον ὁμοῦ νέκυάς τε καὶ ἀσπίδας· αἵματι δ' ἄξων
νέρθεν ἅπας πεπάλακτο καὶ ἄντυγες αἳ περὶ δίφρον,
ἃς ἄρ' ἀφ' ἱππείων ὁπλέων ῥαθάμιγγες ἔβαλλον
αἵ τ' ἀπ' ἐπισσώτρων. ὁ δὲ ἵετο κῦδος ἀρέσθαι
Πηλεΐδης, λύθρῳ δὲ παλάσσετο χεῖρας ἀάπτους.

有如一团烈火从深邃的壑峡沿着
干燥的山麓燃起,把整个山林燃着,
猛烈的狂风赶着烈焰到处肆虐,
阿基琉斯也这样恶煞般挥舞长枪,
到处追杀,鲜血淌遍黑色的泥土。
有如一个农夫驾着宽额公牛,
在平整的谷场上给雪白的大麦脱粒,

麦粒迅速被哞叫的公牛用蹄踩下，
高傲的阿基琉斯的那两匹单蹄马也这样
不断踩踏横躺的尸体和盾牌，
整条车轴和四周的护栏从下面溅满血，
由急促的马蹄和飞旋的车轮纷纷扬起。
佩琉斯的儿子为获得荣誉不断冲杀，
他那双不可战胜的双手被鲜血沾满。

《伊利亚特》第 22 卷第 300—305 行：
赫克托尔决心与阿基琉斯死战前的心理

νῦν δὲ δὴ ἐγγύθι μοι θάνατος κακός, οὐδ' ἔτ' ἄνευθεν,
οὐδ' ἀλέη· ἢ γάρ ῥα πάλαι τό γε φίλτερον ἦεν
Ζηνί τε καὶ Διὸς υἷι ἑκηβόλῳ, οἵ με πάρος γε
πρόφρονες εἰρύατο· νῦν αὖτέ με μοῖρα κιχάνει.
μὴ μὰν ἀσπουδί γε καὶ ἀκλειῶς ἀπολοίμην,
ἀλλὰ μέγα ῥέξας τι καὶ ἐσσομένοισι πυθέσθαι.

现在死亡已距离不远，就在近前，
我无法逃脱，宙斯和他的射神儿子
显然已这样决定，尽管他们曾那样
热心地帮助我：命运已经降临。
我不能束手待毙，暗无光彩地死去，
我还要大杀一场，给后代留下英名。

《伊利亚特》第 24 卷第 524—532 行：阿基琉斯感悟无情命运对凡人的左右

ὡς γὰρ ἐπεκλώσαντο θεοὶ δειλοῖσι βροτοῖσι,
ζώειν ἀχνυμένοις· αὐτοὶ δέ τ' ἀκηδέες εἰσί.
δοιοὶ γάρ τε πίθοι κατακείαται ἐν Διὸς οὔδει
δώρων οἷα δίδωσι κακῶν, ἕτερος δὲ ἑάων·
ᾧ μέν κ' ἀμμίξας δώῃ Ζεὺς τερπικέραυνος,
ἄλλοτε μέν τε κακῷ ὅ γε κύρεται, ἄλλοτε δ' ἐσθλῷ·
ᾧ δέ κε τῶν λυγρῶν δώῃ, λωβητὸν ἔθηκε,
καί ἑ κακὴ βούβρωστις ἐπὶ χθόνα δῖαν ἐλαύνει,
φοιτᾷ δ' οὔτε θεοῖσι τετιμένος οὔτε βροτοῖσιν.

神们是这样给可怜的人分配命运，
使他们一生悲伤，自己却无忧无虑。
宙斯的地板上放着两只土瓶，瓶里是
他赠送的礼物，一只装祸，一只装福，
若是那掷雷的宙斯给人混合的命运，
那人的运气就有时候好，有时候坏；
如果他只给人悲惨的命运，那人便遭辱骂，
凶恶的穷困迫使他在神圣的大地上流浪，
既不被天神重视，也不受凡人尊敬。

《奥德赛》^①第三卷第 103—114 行：
老英雄涅斯托尔描写战争的残酷

«ὦ φίλ', ἐπεί μ' ἔμνησας ὀϊζύος, ἣν ἐν ἐκείνῳ
δήμῳ ἀνέτλημεν μένος ἄσχετοι υἷες Ἀχαιῶν,
ἠμὲν ὅσα ξὺν νηυσὶν ἐπ' ἠεροειδέα πόντον
πλαζόμενοι κατὰ ληΐδ', ὅπῃ ἄρξειεν Ἀχιλλεύς,
ἠδ' ὅσα καὶ περὶ ἄστυ μέγα Πριάμοιο ἄνακτος
μαρνάμεθ'· ἔνθα δ' ἔπειτα κατέκταθεν ὅσσοι ἄριστοι·
ἔνθα μὲν Αἴας κεῖται ἀρήϊος, ἔνθα δ' Ἀχιλλεύς,
ἔνθα δὲ Πάτροκλος, θεόφιν μήστωρ ἀτάλαντος,
ἔνθα δ' ἐμὸς φίλος υἱός, ἅμα κρατερὸς καὶ ἀταρβής,
Ἀντίλοχος, περὶ μὲν θείειν ταχὺς ἠδὲ μαχητής·
ἄλλα τε πόλλ' ἐπὶ τοῖς πάθομεν κακά· τίς κεν ἐκεῖνα
πάντα γε μυθήσαιτο καταθνητῶν ἀνθρώπων.»

"朋友，你让我想起我们这些无匹敌的
阿开奥斯子弟在那片国土承受的苦难，
我们如何乘船在阿基琉斯的率领下，
在云雾弥漫的大海上漂泊，追求财富，
我们如何在普里阿摩斯王的巨大都城下，
顽强地作战，多少勇敢者在那里倒下，

---

① 《奥德赛》中译文摘自：（古希腊）荷马. 荷马史诗·奥德赛，王焕生译. 北京：人民文学出版社，2013；古希腊语版摘自在线资源：https://el.wikisource.org/wiki/Οδύσσεια.

善战的埃阿斯倒下了，阿基琉斯倒下了，
善谋如不朽的神明的帕特罗克洛斯倒下了，
我的爱子、骁勇纯洁的安提洛科斯，
军中最神速最善战的战士，也倒在那里；
我们还忍受过许多其他难忍的苦难，
世人中有谁能把它们一件件说清楚？"

《奥德赛》第五卷第 63—74 行：
卡吕普索岛上仙境般的美景

ὕλη δὲ σπέος ἀμφὶ πεφύκει τηλεθόωσα,
κλήθρη τ' αἴγειρός τε καὶ εὐώδης κυπάρισσος.
ἔνθα δέ τ' ὄρνιθες τανυσίπτεροι εὐνάζοντο,
σκῶπές τ' ἴρηκές τε τανύγλωσσοί τε κορῶναι
εἰνάλιαι, τῇσίν τε θαλάσσια ἔργα μέμηλεν.
ἡ δ' αὐτοῦ τετάνυστο περὶ σπείους γλαφυροῖο
ἡμερὶς ἡβώωσα, τεθήλει δὲ σταφυλῇσι.
κρῆναι δ' ἑξείης πίσυρες ῥέον ὕδατι λευκῷ,
πλησίαι ἀλλήλων τετραμμέναι ἄλλυδις ἄλλη.
ἀμφὶ δὲ λειμῶνες μαλακοὶ ἴου ἠδὲ σελίνου
θήλεον. ἔνθα κ' ἔπειτα καὶ ἀθάνατός περ ἐπελθὼν
θηήσαιτο ἰδὼν καὶ τερφθείη φρεσὶν ᾗσιν.

洞穴周围林木繁茂，生长茁壮，
有赤杨、白杨和散逸浓郁香气的柏树。
各种羽翼宽大的禽鸟在林间栖息做巢，
有枭、鹞鹰和舌头极细又长的乌鸦，
还有喜好在海上翱翔觅食的海鸥。
在那座空旷的洞穴岩壁上纵横蜿蜒着
茂盛的葡萄藤蔓，结满累累硕果。
四条水泉并排奔泻清澈的流水，
彼此相隔不远，然后分开奔流。
旁边是柔软的草地，堇菜野芹正茂盛。
即使不死的天神来这里见此景象，
也会惊异不已，顿觉心旷神怡。

《奥德赛》第五卷第219—224行:
奥德修斯述说对归返的坚定信念

ἀλλὰ καὶ ὣς ἐθέλω καὶ ἐέλδομαι ἤματα πάντα
οἴκαδέ τ' ἐλθέμεναι καὶ νόστιμον ἦμαρ ἰδέσθαι.
εἰ δ' αὖ τις ῥαίῃσι θεῶν ἐνὶ οἴνοπι πόντῳ,
τλήσομαι ἐν στήθεσσιν ἔχων ταλαπενθέα θυμόν·
ἤδη γὰρ μάλα πολλὰ πάθον καὶ πολλὰ μόγησα
κύμασι καὶ πολέμῳ· μετὰ καὶ τόδε τοῖσι γενέσθω.

不过我仍然每天怀念我的故土,
渴望返回家乡,见到归返那一天。
即使有哪位神明在酒色的海上打击我,
我仍会无畏,胸中有一颗坚定的心灵。
我忍受过许多风险,经历过许多苦难,
在海上或在战场,不妨再加上这一次。

《奥德赛》第六卷第127—134行：奥德修斯的阳刚之美

ὣς εἰπὼν θάμνων ὑπεδύσετο δῖος Ὀδυσσεύς,
ἐκ πυκινῆς δ' ὕλης πτόρθον κλάσε χειρὶ παχείῃ
φύλλων, ὡς ῥύσαιτο περὶ χροῒ μήδεα φωτός.
βῆ δ' ἴμεν ὥς τε λέων ὀρεσίτροφος, ἀλκὶ πεποιθώς,
ὅς τ' εἶσ' ὑόμενος καὶ ἀήμενος, ἐν δέ οἱ ὄσσε
δαίεται· αὐτὰρ ὁ βουσὶ μετέρχεται ἢ ὀΐεσσιν
ἠὲ μετ' ἀγροτέρας ἐλάφους· κέλεται δέ ἑ γαστὴρ
μήλων πειρήσοντα καὶ ἐς πυκινὸν δόμον ἐλθεῖν.

神样的奥德修斯说完，匍匐出丛林，
　伸手从浓密的树丛折下绿叶茂盛的
　茁壮树枝，遮住英雄裸露的身体。
他向前走去，有如生长荒野的狮子，
　心里充满勇气，任凭风吹和雨淋，
双目眈眈如烈火，走进牛群或羊群，
或者山野的鹿群，饥饿迫使它去袭击
羊群以果腹，甚至进入坚固的栏圈。

《奥德赛》第六卷第160—168行：
瑙西卡娅的青春之美

οὐ γάρ πω τοιοῦτον ἴδον βροτὸν ὀφθαλμοῖσιν,
οὔτ' ἄνδρ' οὔτε γυναῖκα· σέβας μ' ἔχει εἰσορόωντα.
Δήλῳ δή ποτε τοῖον Ἀπόλλωνος παρὰ βωμῷ
φοίνικος νέον ἔρνος ἀνερχόμενον ἐνόησα·
ἦλθον γὰρ καὶ κεῖσε, πολὺς δέ μοι ἕσπετο λαός,
τὴν ὁδόν, ᾗ δὴ μέλλεν ἐμοὶ κακὰ κήδε' ἔσεσθαι·
ὣς δ' αὔτως καὶ κεῖνο ἰδὼν ἐτεθήπεα θυμῷ,
δήν, ἐπεὶ οὔ πω τοῖον ἀνήλυθεν ἐκ δόρυ γαίης,
ὡς σέ, γύναι, ἄγαμαί τε τέθηπά τε.

我从未亲眼见过如此俊美的世人，
或男或女，我一看见你不由得心惊异。
我去过得洛斯①，在阿波罗祭坛旁见到
一棵棕榈的如此美丽的新生幼枝。
我去那里，一支巨大的军队跟随我，
顺道路过，在那里遭受到许多不幸。
我一看见那棕榈，心中惊愕不已，
从未有如此美丽的树木生长于大地。
姑娘啊，我一见你也如此愕然惊诧。

---

① 得洛斯，爱琴海中的岛屿。

《奥德赛》第六卷第 181—185 行：
关于家庭和睦夫妻同心

ἄνδρα τε καὶ οἶκον, καὶ ὁμοφροσύνην ὀπάσειαν
ἐσθλήν· οὐ μὲν γὰρ τοῦ γε κρεῖσσον καὶ ἄρειον,
ἢ ὅθ' ὁμοφρονέοντε νοήμασιν οἶκον ἔχητον
ἀνὴρ ἠδὲ γυνή· πόλλ' ἄλγεα δυσμενέεσσι,
χάρματα δ' εὐμενέτῃσι· μάλιστα δέ τ' ἔκλυον αὐτοί.

世上没有什么能如此美满和怡乐，
有如丈夫和妻子情趣相投意相合，
家庭和谐，令心怀恶意的人们憎恶，
亲者欣慰，为自己赢得最高的荣誉。

《奥德赛》第十一卷第 483—491 行：
奥德修斯与阿基琉斯对于生和死的对话

«οὔ τις ἀνὴρ προπάροιθε μακάρτερος οὔτ' ἄρ' ὀπίσσω·
πρὶν μὲν γάρ σε ζωὸν ἐτίομεν ἶσα θεοῖσιν
Ἀργεῖοι, νῦν αὖτε μέγα κρατέεις νεκύεσσιν
ἐνθάδ' ἐών· τῶ μή τι θανὼν ἀκαχίζευ, Ἀχιλλεῦ.»
ὣς ἐφάμην, ὁ δέ μ' αὐτίκ' ἀμειβόμενος προσέειπε·
«μὴ δή μοι θάνατόν γε παραύδα, φαίδιμ' Ὀδυσσεῦ.
βουλοίμην κ' ἐπάρουρος ἐὼν θητευέμεν ἄλλῳ,
ἀνδρὶ παρ' ἀκλήρῳ, ᾧ μὴ βίοτος πολὺς εἴη,
ἢ πᾶσιν νεκύεσσι καταφθιμένοισιν ἀνάσσειν.»

"阿基琉斯，过去未来无人比你更幸运，
你生时我们阿尔戈斯人敬你如神明，
现在你在这里又威武地统治着众亡灵，
阿基琉斯啊，你纵然辞世也不应该伤心。"
我这样说完，他立即回答，对我这样说：
"光辉的奥德修斯，请不要安慰我亡故。
我宁愿为他人耕种田地，被雇受役使，
纵然他无祖传地产，家财微薄度日难，
也不想统治即使所有故去者的亡灵。"

《奥德赛》第十四卷第 56—58 行：牧猪奴口中的古希腊"客谊"传统

«ξεῖν', οὔ μοι θέμις ἔστ', οὐδ' εἰ κακίων σέθεν ἔλθοι,
ξεῖνον ἀτιμῆσαι· πρὸς γὰρ Διός εἰσιν ἅπαντες
ξεῖνοί τε πτωχοί τε.»

"外乡人，按照常礼我不能不敬重来客，
即使来人比你更贫贱；所有的外乡人
和求援者都受宙斯保护。"

《奥德赛》第十九卷第204—209行：佩涅洛佩对丈夫的思念感人至深

τῆς δ᾽ ἄρ᾽ ἀκουούσης ῥέε δάκρυα, τήκετο δὲ χρώς.
ὡς δὲ χιὼν κατατήκετ᾽ ἐν ἀκροπόλοισιν ὄρεσσιν,
ἥν τ᾽ εὖρος κατέτηξεν, ἐπὴν ζέφυρος καταχεύῃ,
τηκομένης δ᾽ ἄρα τῆς ποταμοὶ πλήθουσι ῥέοντες·
ὣς τῆς τήκετο καλὰ παρήϊα δάκρυ χεούσης,
κλαιούσης ἑὸν ἄνδρα, παρήμενον.

佩涅洛佩边听边流泪，泪水挂满脸。
有如高山之巅的积雪开始消融，
由泽费罗斯堆积，欧罗斯把它融化①，
融雪汇成的水流，沾湿了美丽的面颊，
哭泣自己的丈夫，就坐在自己身边。

---

① 泽费罗斯是西风，常带来暴雪。欧罗斯是东风，会带来温暖。

《奥德赛》第十九卷第 328—334 行：
关于人的品行

ἄνθρωποι δὲ μινυνθάδιοι τελέθουσιν.
ὃς μὲν ἀπηνὴς αὐτὸς ἔῃ καὶ ἀπηνέα εἰδῇ,
τῷ δὲ καταρῶνται πάντες βροτοὶ ἄλγε' ὀπίσσω
ζωῷ, ἀτὰρ τεθνεῶτί γ' ἐφεψιόωνται ἅπαντες·
ὃς δ' ἂν ἀμύμων αὐτὸς ἔῃ καὶ ἀμύμονα εἰδῇ,
τοῦ μέν τε κλέος εὐρὺ διὰ ξεῖνοι φορέουσι
πάντας ἐπ' ἀνθρώπους, πολλοί τέ μιν ἐσθλὸν ἔειπον.

人生在世颇短暂。
如果一个人秉性严厉，为人严酷，
他在世时人们便会盼望他遭不幸，
他死去后人们都会鄙夷地嘲笑他。
如果一个人秉性纯正，为人正直，
宾客们会在所有的世人中广泛传播
他的美名，人们会称颂他品性高洁。

《奥德赛》第二十一卷第 325—333 行：
佩涅洛佩机智驳斥求婚人

ἦ πολὺ χείρονες ἄνδρες ἀμύμονος ἀνδρὸς ἄκοιτιν
μνῶνται, οὐδέ τι τόξον ἐΰξοον ἐντανύουσιν·
ἀλλ᾽ ἄλλος τις πτωχὸς ἀνὴρ ἀλαλήμενος ἐλθὼν
ῥηϊδίως ἐτάνυσσε βιόν, διὰ δ᾽ ἧκε σιδήρου.
ὣς ἐρέουσ᾽, ἡμῖν δ᾽ ἂν ἐλέγχεα ταῦτα γένοιτο.
τὸν δ᾽ αὖτε προσέειπε περίφρων Πηνελόπεια·
Εὐρύμαχ᾽, οὔ πως ἔστιν ἐϋκλείας κατὰ δῆμον
ἔμμεναι, οἳ δὴ οἶκον ἀτιμάζοντες ἔδουσιν
ἀνδρὸς ἀριστῆος· τί δ᾽ ἐλέγχεα ταῦτα τίθεσθε.

是一帮庸人追求高贵的英雄的妻子，
他们却无力给他那光滑的弯弓安好弦。
却有一个能人，游荡前来的乞求人，
轻易地给弓安弦，一箭穿过铁斧。
他们会这样议论，那会令我们羞耻！
审慎的佩涅洛佩立即这样回答他：
欧律马科斯，肆无忌惮地消耗一个
高贵之人的家财，这种人在我们国中
不会受赞誉，你们又何必计较这耻辱？

《奥德赛》第二十三卷第232—238行：
奥德修斯终与爱妻相认

κλαῖε δ' ἔχων ἄλοχον θυμαρέα, κεδνὰ ἰδυῖαν.
ὡς δ' ὅτ' ἂν ἀσπάσιος γῆ νηχομένοισι φανήῃ,
ὧν τε Ποσειδάων εὐεργέα νῆ' ἐνὶ πόντῳ
ῥαίσῃ, ἐπειγομένην ἀνέμῳ καὶ κύματι πηγῷ·
παῦροι δ' ἐξέφυγον πολιῆς ἁλὸς ἤπειρόνδε
νηχόμενοι, πολλὴ δὲ περὶ χροΐ τέτροφεν ἅλμη,
ἀσπάσιοι δ' ἐπέβαν γαίης, κακότητα φυγόντες.

他搂住自己忠心的妻子，泪流不止。
有如海上漂游人望见渴求的陆地，
波塞冬把他们的坚固船只击碎海里，
被强烈的风暴和险恶的巨浪猛烈冲击，
只有很少漂游人逃脱灰色的大海，
游向陆地，浑身饱浸咸涩的海水，
兴奋地终于登上陆岸，逃脱了毁灭。

参考文献

Albin Lesky, μετάφρ. Α. Τσοπανάκη. Ιστορία της αρχαίας ελληνικής λογοτεχνίας, Αδελφοί Κυριακίδη, Θεσσαλονίκη, 1972.

Αντώνης Κ. Πετρίδης, Ομήρου Οδύσσεια, υποστηρικτικό υλικό για τον εκπαιδευτικό, Υπουργείο Παιδείας και Πολιτισμού, Λευκωσία, 2011.

Ζωή Σπανάκου. Ομηρικά Έπη: Ιλιάδα. Οργανισμός Εκδόσεως Διδακτικών Βιβλίων, Αθήνα, 2006.

Κακριδής, Φ. Ι., Αρχαία ελληνική γραμματολογία, Θεσσαλονίκη, Ινστιτούτο Νεοελληνικών Σπουδών [Ίδρυμα Μ. Τριανταφυλλίδη], 2005.

Όμηρος, μετάφρ.Ιάκωβος Πολυλάς. Ομήρου Ιλιάδα, Οργανισμός Εκδόσεως Διδακτικών Βιβλίων, Αθήνα, 1978.

Όμηρος, μετάφρ. Δ.Ν Μαρωνίτης. Ομήρου Οδύσσεια, Ινστιτούτο Νεοελληνικών Σπουδών, Θεσσαλονίκη, 2006.

Ρεγκάκος, Α., Το χαμόγελο του Αχιλλέα. Θέματα αφήγησης και ποιητικής στα ομηρικά έπη, Αθήνα, Πατάκης, 2006.

Barbara Graziosi. Inventing Homer[M]. Cambridge: Cambridge University Press, 2007.

C.H.Whitman. Homer and the Heroic Tradition [M]. Cambridge: Harvard University Press, 1958.

West, M. L. Homeric Hymns Homeric Apocrypha Lives of Homer, Cambridge, London: Harvard University Press, 2003.

荷马.伊利亚特[M].罗念生、王焕生译.北京：人民文学出版社，2017.

荷马.伊利亚特[M].陈中梅译.南京：译林出版社，2012.

荷马.奥德赛[M].王焕生译.北京：人民文学出版社，2003.

荷马.奥德赛[M].陈中梅译.南京：译林出版社，2008.

陈戎女.荷马的世界——现代阐释与比较[M].北京：中华书局，2009.

加斯帕·格里芬.荷马史诗中的生与死[M].刘淳译.北京：北京大学出版社，2016.

卡尔·马克思，弗里德里希·恩格斯.马克思恩格斯选集[M].中共中央翻译局译.北京：人民出版社，1995.

罗青.荷马史诗研究——诗魂贯古今.台湾：学生书局，1994.

摩西斯·芬利.奥德修斯的世界[M].刘淳、曾毅译.北京：北京大学出版社，2019.

皮埃尔·维达尔–纳杰.荷马之谜[M].王莹译.北京：中国人民大学出版社，2015.

希罗多德.历史[M].徐松岩译.上海：上海人民出版社，2018.

吴晓群.希腊思想与文化.上海：上海社会科学院出版社，2012.

亚当·尼科尔森.荷马3000年[M].南京：江苏凤凰文艺出版社，2016.

亚里士多德.诗学[M].罗念生译.上海：上海人民出版社，2004.

亚里士多德.亚里士多德全集(第十卷)[M].苗力田、李秋零译.北京：中国人民大学出版社，1997.

晏绍祥.荷马社会研究[M].上海：上海三联书店，2006.